August Koberstein

Was Gott zusammenfügt, das soll der Mensch nicht scheiden

Historisches Lustspiel

August Koberstein

Was Gott zusammenfügt, das soll der Mensch nicht scheiden
Historisches Lustspiel

ISBN/EAN: 9783743474673

Hergestellt in Europa, USA, Kanada, Australien, Japan

Cover: Foto ©Andreas Hilbeck / pixelio.de

Manufactured and distributed by brebook publishing software
(www.brebook.com)

August Koberstein

Was Gott zusammenfügt, das soll der Mensch nicht scheiden

Was Gott zusammenfügt,
Das soll der Mensch nicht scheiden!

Historisches Lustspiel in fünf Aufzügen

von

Karl Koberstein.

(Den Bühnen gegenüber als Manuscript gedruckt.)

Dresden
Druck von F. Albanus.
1872.

Meinem lieben Freunde und Berufsgenossen

Fritz Hellmer

zugeeignet.

1*

Personen.

Nicoletta, Erbin des Herzogthums Lothringen.

Herzog Karl, ehemaliger General der kaiserlichen Reiterei, Nicoletta's
    Vetter und Gemahl.

Kardinal Franz, Karl's jüngerer Bruder.

Klaudia, Nicoletta's Schwester.

Marquis von Guron, Gesandter Richelieu's.

Gräfin von Cantecroix, eine Nichte Richelieu's.

Hans von Schweinichen, ein schlesischer Protestant, Oberst der
    lothringischen Reiterei.

Rittmeister Scherenberg.

Bouché, Hauptmann in französischen Diensten.

Ninon, Kammerzofe der Gräfin von Cantecroix.

    Herren und Damen des lothringischen Hofes. Lothringische und
    französische Reiter.

    Pagen und Diener.

Die ersten vier Acte spielen in dem herzoglichen Palast zu Lunéville, der letzte in
der Präfectur zu Nancy.

Zeit der Handlung: 1634.

Erster Act.

Luneville.

Gemach der Gräfin von Cantecroix im herzoglichen Palast. Geschlossene, nicht allzutiefe Decoration in reichem Renaissance-Style. Rechts im Vordergrunde ein Kamin, davor ein Ruhebette und ein kleiner Tisch. Gegenüber, links im Vordergrunde, ein größerer, mit einem Teppich überhangener Tisch. Im Mittelgrunde rechts und links Thüren mit zugezogenen Portièren. Im Hintergrunde ein großes Fenster, dessen Vorhänge gleichfalls niedergelassen sind. — Es ist Abend. Von der Decke hängt eine brennende Ampel, das Feuer im Kamin ist angeschürt.*)

Erster Auftritt.

Marquis von Guron. Ninon.

Ninon (aus der Seitenthüre links tretend).

Die Frau Gräfin sendet dem Herrn Marquis die besten Grüße und wird im Augenblicke selbst erscheinen.

(Ninon geht an dem Marquis vorüber und setzt den silbernen Armleuchter, welchen sie mit hereinbrachte, auf den Tisch vor dem Kamin.)

Guron (das Zimmer musternd).

Vielen Dank, mein schönes Kind. Wie ich sehe, habt Ihr Euch in Luneville ganz behaglich eingerichtet.

Ninon.

Man muß zufrieden sein. Paris ist es freilich nicht.

Guron.

Ja, reizende Ninon, in solch' wirren Kriegsläuften, wie sie heute das Herz Europa's durchtoben, muß man schon dankbar sein für ein schirmendes Dach und ein leidliches Bett; besonders, wenn man, wie Ihr, eine politische Sendung zu erfüllen hat.

---

*) Rechts und links vom Zuschauer aus.

Ninon.

Eine schöne Sendung!

Guron.

Wie?

Ninon.

Deutsche Bären abzurichten.

Guron.

Mißfallen Euch die Deutschen?

Ninon.

Außerordentlich — sie trinken.

Guron.

Ein Erbtheil ihrer Väter.

Ninon.

Und dann ihr Wesen, ihr Gebahren! Das flucht und wettert — man glaubt in einer Kaserne zu leben. Und wenn sie gar die Liebenswürdigen spielen wollen — abscheulich!

Guron.

Warum?

Ninon.

Elephanten, welche die Gavotte tanzen.

Guron (lachend).

Erst Bären und nun schon Elephanten? Wenn Ihr in dieser Weise weitersteigern wollt, Ninon, so wird es Euch bald an den geeigneten Bildern fehlen.

Ninon.

Ihr werdet sie ja sehen, Herr Marquis. Anfangs, da wir ankamen, erschienen sie mir noch erträglicher, als heute. Da klirrten sie mit den Sporen, rasselten mit den langen Raufdegen und dufteten nach altem Leder; sie wollten für nichts Anderes gelten, als was sie wirklich sind: für wüste und liederliche Landsknechte; aber jetzt —

Guron.

Nun?

Ninon.

Jetzt hat sie ein Machtwort unserer Gräfin umgewandelt. Jetzt stolziren sie einher, eine Wolke von Wohlgerüchen, in Sammt und Seide, mit Nesteln, Schleifen und Spitzen — abgeschmackte Zerrbilder unserer schönen pariser Kavaliere.

Guron.

Genug, du kleine Lästerzunge, genug! Ich habe Wichtigeres zu erfragen.

Rinon.

So fragt nur, gnädiger Herr. Was meine arme Weisheit bieten kann, steht Euch unverkürzt zu Gebote.

Guron.

Nun denn, vor Allem: Die Gräfin hat also einen gewissen Einfluß schon gewonnen?

Rinon.

Einfluß? Und nur einen gewissen Einfluß? — O, sie würde bereits Herzogin von Lothringen sein, wenn —

Guron.

Wenn Herzog Karl nicht verheirathet wäre — das weiß ich. Das geht auch nicht so rasch. Aber wie ist ihre Stellung der fürstlichen Sippe, dem Hofe gegenüber?

Rinon.

Alles huldigt ihr, Alles liegt ihr zu Füßen; bis auf die Herzogin Nicoletta —

Guron.

Natürlich. Die gute Dame hat auch einigen Grund, mit Deiner Gebieterin unzufrieden zu sein. Nun, und wer verschmäht es noch, an dem Triumphwagen unserer Herrin zu ziehen?

Rinon.

O, ein Mensch — nein, kein Mensch — ein Unthier!

Guron.

Aha, jetzt kommen die Bilder aus dem Thierreich wieder an die Reihe.

Rinon.

Gewiß, Herr Marquis; denn jener Unhold führt sogar den Namen eines Thieres.

Guron.

In der That?

Rinon.

Und noch dazu eines sehr häßlichen und unsauberen Geschöpfes.

Guron.

Er heißt?

Ninon (mit Abscheu).

Schweinichen!

Guron.

Ein Name von plastischer Kraft. Natürlich ein Deutscher?

Ninon.

Und was für einer! Von der allerschwärzesten Sorte.

Guron.

Sein Amt?

Ninon.

Er ist Oberst der Reiterei und Vertrauter des Kardinals Franz.

Guron.

Diesen Obersten mit dem unaussprechlichen Namen müssen wir uns merken. Was aber —

Ninon.

Still, Herr Marquis, ich höre die Frau Gräfin.

Zweiter Auftritt.

Gräfin von Cantervoix. Marquis von Guron. Ninon.

(Die Gräfin tritt aus dem Seitenzimmer links. Guron geht ihr entgegen, während sich Ninon in den Hintergrund zurückzieht.)

Gräfin (Guron die Hand zum Kuß reichend.)

Willkommen, tausendmal willkommen, mein theurer Freund, in dem finstern Lande der Barbaren.

Guron.

Dem wir unsere Sonne abtreten mußten.

Gräfin.

Vielleicht ist diese Sonne mächtig genug, auf dem dürren Boden deutscher Wildniß die Lilien Frankreichs erblühen zu lassen.

Guron.

Was wäre Ihrer Zauberkraft unmöglich? Der große Kardinal wußte, was er that, da er Sie zur Verbündeten erwählte.

Gräfin (Guron zum Ruhebett führend).

Schmeichler! — Nun aber ruhen Sie vor allen Dingen aus: Sie werden ermüdet sein. — (Zu Ninon) Ninon, laß' den Marschall wissen, ich fühlte mich leidend und könne heute Abend beim Spiel nicht erscheinen.

Ninon.

Sehr wohl, gnädige Frau.

Gräfin.

Dann gieb Acht, daß uns Niemand störe.

(Ninon durch die Seitenthüre rechts ab).

Gräfin (sich neben Guron niederlassend).

Sie kommen aus St. Germain, Marquis? Wie geht es
meinem gütigen Ohm, dem Kardinal?

Guron.

Se. Eminenz waren unpaß, als ich mich verabschiedete, und
diese Krankheit trägt die Schuld, daß Richelieu seinen königlichen
Zögling auf dem Siegeszuge gegen Nancy nicht begleitete.

Gräfin.

Der arme Ohm! — Wann trafen Sie in Luneville ein?

Guron.

Vor einer Stunde.

Gräfin.

Ward Ihre Ankunft dem Hofe schon gemeldet?

Guron.

Keine Seele ahnt mein Hiersein. Ich zog es vor, bei einem
unserer Agenten abzusteigen und morgen erst den Herzog um eine
Audienz zu bitten. Ihre Mittheilungen, schöne Gräfin, sollen
mich auf diesen großen Augenblick vorbereiten.

Gräfin.

Weiß man in St. Germain so wenig von uns?

Guron.

Richelieu weiß viel, doch noch nicht genug.

Gräfin.

Zum Beispiel?

Guron.

Wie steht es um Herzog Karl?

Gräfin (lachend).

Ja, wer soll sich in diesem querköpfigen Gesellen zurecht finden!
Wie die Wellen eines See's, so wechseln bei jedem neuen Luftzug
seine krausen Launen.

Guron.

Und doch sollte man meinen, jetzt wäre für ihn der Augenblick gekommen, einen bestimmten Entschluß zu fassen. Was hätte wohl sonst der Waffenstillstand zu bedeuten, den der kriegerische Hitzkopf ebenso dringend als demüthig von uns erbat? Nach der Niederlage bei Pfaffenhofen kann er für die nächsten Monate nicht daran denken, im offenen Felde wieder aufzutreten, und der Fall von Epinal und Mirecourt haben ihn vollends mürbe gemacht.

Gräfin.

Und Nancy?

Guron.

Mit eisernem Griff umklammert unser glorreicher Monarch diese trotzige Stadt. Wäre ihr Kommandant ein minder tüchtiger Soldat, wäre die vierzehntägige Waffenruhe nicht eingetreten, längst wehte von jenen Wällen das sieghafte Banner Frankreichs. Ja, mehr noch! Wir wissen, daß unser Bundesgenosse, der schwedische Kanzler, den beiden Grafen vom Rhein und von der Pfalz gemessene Ordre zugehen ließ, die Berennung Breisach's zu beschleunigen und dann umzukehren, um dem halbzermalmten Herzog —

Gräfin.

Den Rest zu geben. Ganz richtig, das sind seine eigenen Worte. Ein Brief Oxenstjerna's an den Rheingrafen wurde aufgefangen und dem Herzog ausgeliefert.

Guron.

Nun, so frage ich Sie, verehrte Freundin, was bedenkt sich dieser unselige Fürst noch lange? Warum flüchtet er sich nicht in die mütterlichen Arme Frankreichs? Warum entsagt er nicht einem Kaiser, der ihn kaltblütig übermächtigen Gegnern preisgiebt und nicht den Finger rührt, dies wichtige Gränzland dem Reiche zu erhalten?

Gräfin.

Warum? Weil er täglich, ja stündlich auf Hülfe hofft.

Guron.

Die ist unmöglich; es müßte denn ein Wunder geschehen.

Gräfin.

Doch nicht so ganz. Der Kardinalinfant ist mit spanischen Kerntruppen und reicher Baarschaft in Savona gelandet.

Guron.

Auch davon sind wir unterrichtet. Don Fernando ist bestimmt, die alternde Regentin von Flandern abzulösen und die Zügel der Herrschaft mit strafferen Händen zu erfassen. Statt jedoch diesem lohnenden Ziele entgegenzueilen, das Rheinthal hinabzuziehen und den österreichischen Freunden in Elsaß und Lothringen Vorschub zu leisten, hat der lebenslustige Prinz für's Erste seinen Sitz in Mailand aufgeschlagen und läßt es sich wohl sein.

Gräfin.

Aber schon ist der Herzog von Feria mit einer gewaltigen Vorhut unterwegs.

Guron (aufstehend).

Was sagen Sie?

Gräfin.

Das überrascht Sie?

Guron.

Außerordentlich.

Gräfin.

Verlassen Sie sich auf die Richtigkeit meiner Angaben. Feria hat längst das Wormser Joch überschritten und ist im schleunigsten Anmarsch auf Basel.

Guron.

Sie erschrecken mich. Wenn dies wirklich der Fall wäre, wenn der Spanier im weiteren Vordringen die kaiserlichen Truppen im Breisgau und Elsaß an sich zöge, wenn ihm Herzog Karl seine Regimenter zuführte, seine Festungen einräumte, dann wäre unsere Sache verloren.

Gräfin.

Zuverlässig. Und um Zeit zu gewinnen, sandte der Herzog seinen Bruder nach Neusville in das Hauptquartier des Königs.

Guron.

Den Kardinal Franz?

Gräfin.

Denselben. Mit Waffenstillstandsverhandlungen, mit halben Versprechen denken sie König Ludwig hinzuhalten, bis Feria erscheint und die ersehnte Hülfe bringt.

Guron (erregt auf- und abgehend).

O, das steht schlimmer, als ich dachte. Wo blieben unsere Späher, daß sie uns das verschwiegen? Schliefen sie? — Rathen Sie, Frau Gräfin, helfen Sie: was sollen wir thun? Was beginnen?

Gräfin (sich erhebend).

Zwei Dinge nur giebt es, die uns retten können.

Guron.

Und die wären?

Gräfin.

Zerschmettert mit einem raschen Anlauf die winzige Macht dieses kleinen Herzogs; treibt ihn über die Gränze und ohne langes Besinnen bemächtigt Euch seines Landes.

Guron.

Eine solche Züchtigung hätte der treulose Mann vollauf verdient; aber es geht nicht an. Wir müßten den Raub mit den Schweden theilen; Oxenstjerna ist zäh, und wir wollen das Ganze ohne große Kosten und ohne Gefahr. Wer sagt uns überhaupt das Ende dieses langwierigen Krieges voraus? Es könnte geschehen, daß wir beim Friedensschluß genöthigt würden, das mühsam Eroberte ohne Entschädigung wieder auszuliefern. Nein, Frau Gräfin, freiwillig muß sich Herzog Karl in unsern Schutz begeben, zur äußersten Gewalt dürfen wir nur greifen, wenn alle andern Mittel versagen.

Gräfin.

Nun wohl, so bleibt nur das Eine: die Scheidung des Herzogs!

Guron.

Ah, das klingt schon besser.

Gräfin.

Längst, wie Sie wissen, hat das herzogliche Paar die Wonnemonde hinter sich. Es wäre eine kaum zu entschuldigende Unbesonnenheit, wollte man diese Ehe eine glückliche nennen. Der Herzog, jung und launenhaft wie er ist, trägt nur seufzend das ihm aufgedrungene Joch; während sich die schöne Nicoletta neben vielen rühmenswerthen Eigenschaften einer verhängnißvollen Neigung zum Widerspruch erfreut. Sie weiß ihren Gatten nicht zu nehmen, quält und reizt ihn durch Eifersüchteleien — kurz, da drüben spielen häusliche Scenen, die an Offenherzigkeit nichts zu wünschen übrig lassen. Wer den Herzog aus dieser Hölle — so nennt der Lästerer den heiligen Bund zweier Seelen — erlösen könnte, den würde er als Freund, als rettenden Engel begrüßen.

Guron.

Dann wollen wir diese rettenden Engel sein! Schon vor mehreren Wochen wandte sich Richelieu auf Ihren Antrieb, schöne Gräfin, an den heiligen Vater, einen Dispens für den Herzog fordernd. König Ludwig unterstützte dies Gesuch durch ein eigenhändiges Schreiben. Jeden Augenblick dürfen wir einen zweifellos günstigen Bescheid aus Rom erwarten.

Gräfin.

Vortrefflich! Nur noch mit schwachen Fäden hängt das Herz des Fürsten an dem Kaiserhause. Sie werden reißen, und mit fliegenden Fahnen eilt der Befreite in unser Lager, um aus Frankreichs Händen sein Herzogthum als Lehn und —

Guron (die Hand der Gräfin küssend).

Eine neue Herzogin zu empfangen.

Gräfin (selbstgefällig).

Wer weiß?

Guron.

Sind Sie Ihres Sieges auch gewiß?

Gräfin.

Zweifeln Sie daran?

(Man hört die Stimme des Herzogs außerhalb der Scene von rechts.)

Karl.

Aber mich, mein liebes Kind, wird die Frau Gräfin doch empfangen?

Gräfin (zu Guron).

Hören Sie?

Guron.

Wer ist das?

Gräfin.

Der Herzog selbst!

Guron.

O, Sie sind eine Zauberin. Doch wo verberge ich mich? Hier darf mich der Herzog nicht finden. (Auf die Seitenthüre links zugehend). Ah, dort!

Gräfin.

In mein Schlafzimmer?

Guron.

Warum nicht? Die Noth entschuldigt Alles. Sobald der Herzog sich entfernt, verschwinde auch ich, spurlos, wie ich gekommen.

Gräfin.

Dann eilen Sie, es ist die höchste Zeit.

(Guron durch die Seitenthür links.)

Dritter Auftritt.

Herzog Karl. Gräfin von Cantecroix. Ninon. Guron, (der sich von Zeit zu Zeit hinter der Portière zeigt.)

Ninon (durch die Seitenthür rechts, meldend)

Se. Hoheit, der Herr Herzog.

Karl (rechts eintretend und der Gräfin die Hand küssend).

Ah, meine schöne Freundin, was haben Sie für einen tückischen Cerberus in jener kleinen Person! Sie verweigerte mir den Einlaß mit einer Hartnäckigkeit —

Gräfin.

Wie konnte ich mich einer solchen Ueberraschung versehen? Hoheit werden daher Ninon nicht schelten, wenn sie meinen Befehlen gehorchte.

Karl.

Ich schelten? Ich denke nicht daran. Für solch' kleine brünette Kobolde hatte ich immer eine gewisse Schwäche.

Gräfin.

In der That? — Du hörst es, Ninon, Dir ist verziehen.

(Die Gräfin entläßt Ninon mit einer Handbewegung.)
(Ninon durch die rechte Seitenthür ab.)

Karl (sich auf das Ruhebett niederlassend).

Setzen wir uns und plaudern wir. — Wissen Sie auch, liebe Gräfin, daß ich Ihnen böse bin?

Gräfin.

Böse? — Darf ich fragen, weßhalb?

Karl.

Sie hatten mir fest versprochen, diesen Abend beim Spiel zu erscheinen. Ungeduldig sehe ich Ihrem Eintreten entgegen. Die Zeit verrinnt, ich warte und hoffe noch immer — da kommt endlich Ihr Bote und meldet, ein heftiges Unwohlsein fessele Sie für heute an das Zimmer.

Gräfin.

Der Bote meldete die Wahrheit.

Karl.

Und nun finde ich Sie frisch wie eine Rose, strahlend in blühender Schönheit — woher diese schnelle Genesung?

Gräfin.

Ihr Anblick, Hoheit, war die heilende Arznei.

Karl.

Ah, bah — Ausflüchte! Dies durchschlagende Heilmittel konnten Sie sich auch drüben am Spieltisch verschaffen; ich hätte dann nicht nöthig gehabt, wie ein Dieb aus der Gesellschaft wegzuschleichen. Nein, nein, unsre Göttin war nicht bei Laune, und wir armen Staubgeborenen mußten dafür büßen.

Gräfin.

Gewiß nicht, mein Fürst.

Karl.

Nun lassen Sie es gut sein. Nicht zu schmählen bin ich hergekommen; ich sehne mich nach Zerstreuung, nach Erholung.

Gräfin.

Fanden Sie die nicht beim Spiel?

Karl.

O, gehen Sie mir doch mit diesem trübseligen Lückenbüßer der stockenden Unterhaltung! Da soll man zählen, rechnen, überlegen — Gott weiß, was noch? Hätten nicht Sie diese pariser Sitte bei uns eingeführt, ich könnte sie recht herzlich verwünschen.

Gräfin.

Und doch stehen Hoheit im Rufe eines leidenschaftlichen Spielers.

Karl.

Ja, was ich spielen nenne, das ist etwas Anderes! Das bringt das Blut in Wallung, das erfrischt und berauscht. Der Tisch eine Trommel, der Würfelbecher ein gestohlener Altarkelch, und nun die rasselnden Schelmbeine, der kreisende Wein, das rollende Gold — heute reich, morgen arm wie eine Kirchenmaus — das heißt Freude, das nenne ich Genuß!

Gräfin.

Immer noch diese Sehnsucht nach dem deutschen Lagerleben?

Karl.

Immer und ewig! In kaiserlichen Diensten war ich noch ein ganzer Kerl. Der alte Tilly — Gott hab' ihn selig — hatte seine Freude, wenn ich mit den Schwadronen dahergeflogen kam. Aber hier? Daß Gott erbarm'! Hier sitze ich wie ein alter Dachs, eingepfercht und eingekeilt in meinen Bau von Schweden, Franzosen und deutschen Protestanten, und weiß mir keinen Rath. Ihr Oheim, der nichtsnutzige Pfaffe —

Guron (der schon einige Zeit hinter der Portière hervorlauschte).

O weh!

Gräfin (bittend).

Gnädigster Herr —

Karl.

Verzeihung, es fuhr mir so heraus. Ihr Oheim also, der große Kardinal, hatte ganz Recht, wenn er mich spöttisch den gekrönten Feldwebel nannte. Ich gebe Ihnen mein Wort, Gräfin, ich trete vor keinen Spiegel, daß ich mir nicht die Zunge herausstrecke und sage: Schäme Dich, Du Hanswurst auf einem Throne!

Guron (für sich).

Selbsterkenntniß ziert auch den Fürsten.

Gräfin.

Sie übertreiben, Hoheit. Aus der mißlichen Lage, in der Sie sich augenblicklich befinden, rettet Sie ein Wort. Es gilt nur, einen kräftigen Entschluß zu fassen und Ihre Widersacher empfangen Sie als Freund und Bundesgenossen.

Karl (sich erhebend).

Ah, will es dort hinaus? Nein, schöne Gräfin, ich will bleiben, was ich bin: ein treuer Anhänger meines Kaisers. Das ist das einzige Verdienst, dessen ich mich mit gutem Gewissen rühmen darf. Der Kaiser ist ein gütiger Herr.

Gräfin (gleichfalls aufstehend).

Der aus lauter Herzensgüte seine ketzerischen Bürger mit Skorpionen züchtigt.

Karl (lachend).

Jeder beglückt seine Unterthanen, wie er kann. Richelieu macht es um kein Haar besser. Meinem Hause war der Kaiser immer gnädig gesinnt.

Gräfin.

Besonders der Herzogin, Ihrer Gemahlin.

Karl (verdrießlich).

O, sprechen Sie doch nicht von meiner Frau; das verdirbt mir meine ganze Laune.

Gräfin.

Sehen Sie wohl? Hat er irgend etwas gethan, Sie den drückenden Fesseln Ihrer Ehe zu entreißen?

Karl (kleinlaut).

Nein.

Gräfin.

Als Sie ihn baten, einen Dispens vom Papste zu erwirken, hat er Sie da einer Antwort gewürdigt? — Nein.

Karl.

Doch — er hat mir einen erbaulichen Brief geschrieben.

Gräfin.

Wie?

Guron (wie oben).

Das ist doch etwas.

Karl.

Ich wollte es eigentlich nicht sagen — es ärgert mich. Aber nun ist's einmal heraus.

Gräfin.

Und der Inhalt dieses Briefes?

Guron.

Sie läßt nicht los.

Karl.

Der Inhalt? — Gesinnungsvolle Redensarten über die Heiligkeit der Ehe, über die Reize des häuslichen Friedens, nichts als Gemeinplätze der zweifelhaftesten Art.

Gräfin.

Und der Schluß?

Karl (ingrimmig).

Mein Gesuch könne nicht berücksichtigt werden, denn —

Gräfin.

Denn —?

Karl.

Was Gott zusammengefügt habe, das solle der Mensch nicht scheiden. (Mit dem Fuße stampfend.) Daß Dich —!

Gräfin.

Weiß die Herzogin um diese Angelegenheit?

Karl.

Um Gotteswillen, das wäre entsetzlich! Keine Stunde wäre ich vor ihrer giftigen Zunge sicher. Eine Fluth von Spott und Hohn entlüde sich über mein schwer geprüftes Haupt.

Gräfin.

Und doch, meine ich, sollte sie es erfahren.

Karl.

Wie?

Gräfin.

Sie sähe dann, daß Sie ihrer Launen müde sind.

Karl.

Freilich!

Gräfin.

Daß Ihre Langmuth ein Ende hat.

Karl.

Das hat sie! Das hat sie!

Gräfin.

Daß sie andere Mittel anwenden müsse, um sich den Weg zu Ihrem Herzen zu bahnen.

Karl.

Sie haben Recht, Gräfin, Recht wie immer. O, ich will dieser guten Nicoletta zeigen, daß ich kein Knabe mehr bin, daß die Schule weit hinter mir liegt.

Guron (der wieder hinter der Portière hervorlauschte).

Man spürt es.

Karl (erregt fortfahrend).

Dieses starrköpfige Weib soll erkennen, daß ich des Gängel-bandes nicht mehr bedarf. Habe ich die Herzogskrone auch nur durch sie, so habe ich sie doch einmal, und mich soll der Teufel holen, wenn ich ihr nicht begreiflich mache, daß ich ihr Herr und Gebieter bin, der thun und lassen kann, was er will; daß ich —

Vierter Auftritt.

Herzog Karl. Gräfin von Cantecroir. Marquis von Guron. Ninon.

Ninon (eilig durch die Seitenthür rechts).

Die Herzogin!

Karl (erschrocken, sehr laut).

Wer?!

Ninon.

Die Herzogin Nicoletta!

Karl.

Mich rührt der Schlag.

Gräfin (zu Ninon).

Rede deutlich, was giebt es?

Ninon.

Die Frau Herzogin kommt den großen Korridor herab, gerade auf Ihre Zimmer zu.

Gräfin.

Großer Gott, wenn sie Ew. Hoheit hier fände!

Karl.

Das fehlte noch.

Gräfin.

Sie müssen sich verbergen.

Karl (auf die Seitenthüre links zugehend).

Aber wo? — In jenem Zimmer?

Gräfin.

Nimmermehr! (Auf die Thüre rechts deutend.) Dort hinaus!

Karl.

Da renne ich dem Verderben gerade in den Rachen.

Gräfin (auf den Tisch links deutend).

Dann unter diesen Tisch.

Karl.

Ich? — Unter einen Tisch?

Ninon (die an der Seitenthüre rechts lauschte).

Eilen Sie, Hoheit, sie kommt!

. (Ninon durch die Thür rechts ab).

Gräfin (zu Karl, welcher zaudert).

Ich beschwöre Sie —

Karl.

Aber unter einen Tisch —?

Gräfin (flehend).

Bedenken Sie meine Ehre, meinen guten Ruf —

Karl.

Nun denn, mit Gott!

(Herzog Karl kriecht unter den Tisch links und kommt so zu liegen, daß er seinen Kopf unter der vorderen Seite des Tischteppichs hervorstrecken kann).

———

Fünfter Auftritt.

Herzogin Nicoletta. Gräfin von Canterroix. Ninon.

Herzog Karl unter dem Tisch. **Guron** hinter der Portière.

Ninon (von rechts auftretend und meldend).

Die Frau Herzogin.

Nicoletta (gleichfalls von rechts).

Guten Abend, liebe Gräfin. Sie werden mir nicht zürnen, wenn ich ohne alles Ceremoniell bei Ihnen eintrete?

(Ninon durch die rechte Seitenthüre ab).

Gräfin (sich ehrfurchtsvoll verbeugend).

Frau Herzogin, diese unerwartete Ehre —

Nicoletta.

O, nicht doch! Die Sorge um Ihr Befinden trieb mich her. Sie fehlten uns heute beim Spiel. Man sagte mir, Sie wären krank und müßten das Zimmer hüten. Durch die Gardinen Ihres Fensters sah ich drüben noch Licht schimmern, da wollte ich den Abend nicht vorübergehen lassen, ohne unserer schönen Kranken einen Beweis meiner Theilnahme zu geben.

Gräfin.

Sie beschämen mich, Hoheit.

Nicoletta (sich zum Fenster im Hintergrunde wendend).

Nicht wahr, man kann von hier aus die Fenster des Spiel-saales sehen?

Gräfin.

Gewiß.

Nicoletta (die Fenstergardinen lüftend).

Ganz recht — (für sich) Hier steckt er nicht.

(Nicoletta läßt die Gardinen wieder zufallen).

Karl (unter dem Tisch).

Sie sucht.

Guron (hinter der Portière).

Ein Gewitter liegt in der Luft.

Karl.

Ihr Schritt ist beunruhigend energisch.

Gräfin.

Geruhen Hoheit, Platz zu nehmen?

Nicoletta (das Seitenzimmer links beobachtend).

(Für sich.) In jenem Zimmer wird er sein. (Laut.) Gern, liebe Gräfin. Kommen Sie, setzen Sie sich zu mir und erzählen Sie mir von Paris und den neusten Moden in St. Germain. —

(Beide Frauen nehmen Platz auf dem Ruhebett).

Aber was sehe ich? Ist dies die Kleidung für eine Patientin? Ihr Unwohlsein wird sich unter dem Zwang dieses Flitters und Putzes noch erhöhen. O, eilen Sie und kleiden Sie sich um.

Gräfin (ausweichend).

Meine Zofe ist nicht zur Hand.

Nicoletta.

Was thut das? Ich vertrete deren Stelle.

Gräfin.

Frau Herzogin —

Nicoletta (sich erhebend).

Kommen Sie, kommen Sie, meine Freundin; Ihr Sträuben hilft Ihnen nichts. Was wollen Sie? Es macht mir Freude, dem allumworbenen Abgott unsres Hofes einen kleinen Dienst zu erweisen.

Karl.

O, du verlogene Schlange.

Guron.

Sie will absolut hier herein.

Gräfin.

Meinen innigsten Dank, hohe Frau; aber von den wenigen Minuten, die ich in Ihrer beglückenden Nähe verleben darf, soll mir die Sorge für mein eigenes Wohlbefinden auch keine Sekunde rauben.

Karl.

Warum weigert sie sich? Ich könnte mich so gut aus dem Staube machen.

Nicoletta.

(Für sich.) Es ist kein Zweifel, da drinnen ist er verborgen. (Sich wieder setzend, laut.) Nun, wie Sie wollen. — Haben Sie heute meinen Gemahl gesprochen?

Karl.

Aha, jetzt kommt's!

Gräfin.

Ich habe den Tag über dieses Gemach nicht verlassen.

Nicoletta (mit scheinbarer Gleichgiltigkeit).

Er entfernte sich vom Spieltisch unter dem Vorwand, mit dem Obersten Schweinichen noch einige militärische Maßregeln verabreden zu müssen. Der Oberst aber sitzt schon seit mehreren Stunden in der großen Halle beim Wein und hat den Herzog mit keinem Auge gesehen.

Karl.

Der alte Tölpel.

Nicoletta.

Ich würde nicht weiter darnach fragen, wenn wir nicht durch die Ankunft meiner Schwester überrascht worden wären.

Gräfin.

Prinzessin Klaubia ist angekommen?

Nicoletta.

Vor einer halben Stunde. Wir erwarteten das liebe Kind erst morgen; Sie können sich also die Freude des Herzogs vorstellen, wenn er seinen Verzug nach dreijähriger Trennung schon heute in die Arme schließen darf.

Guron.

Er wird sich wohl bis morgen gedulden müssen.

Karl.

Es muß noch Einer hier stecken: ich höre zeitweilig ein verdächtiges Brummen hinter mir.

Gräfin.

Und befindet sich Prinzessin Klaubia wohl?

Nicoletta.

O, sie ist die Gesundheit und Munterkeit selbst. Sehen Sie, dies kostbare Geschenk brachte mir die Kleine als einen Beweis ihres klösterlichen Fleißes mit.

(Nicoletta zeigt der Gräfin ein kostbares Spitzentaschentuch.)

Gräfin.

Welch' wundervolle Arbeit.

Karl.

Das ist eine verwünschte Situation! Ich liege mit dem Magen gerade auf meinem Degengefäß.

Nicoletta (mit scheinbarer Theilnahme).

Aber ich schwätze da und bemerke gar nicht, wie auf Ihren Wangen glühendes Roth mit tödtlicher Blässe wechselt. Ihre Hand ist kalt wie Eis. — Sie sind ernstlich krank.

Gräfin.

Es wird vorübergehen. (Mit gewaltsamer Fassung). Wie freundlich gestalten sich die Verhältnisse Ihres Hauses, seit Prinzessin! Klaudia in die Welt und ihre Familie zurückkehrte. Zum Abschluß des schönen Kreises fehlt nur noch Kardinal Franz.

Nicoletta.

Auch mein Schwager wird nicht allzulange ausbleiben; jede Stunde dürfen wir — .

Karl.

Ich halt's nicht mehr aus.

(Karl sucht eine andere Lage zu gewinnen und schlägt dabei mit dem Degen gegen ein Tischbein.)

Nicoletta (auffahrend).

Ha, was war das?!

Karl und **Guron** zugleich.

O weh!

(Karl zieht schnell den Kopf unter die Tischdecke zurück.)

Gräfin (stammelnd).

Was, gnädige Frau?

Nicoletta.

Hörten Sie nichts?

Gräfin.

Was sollte ich hören?

Nicoletta.

Ein Geräusch.

Gräfin.

Nicht einen Ton.

Nicoletta.

Doch, doch! Von dem Tische dort klang's herüber.

Guron (der dem Wortwechsel mit gespannter Aufmerksamkeit folgte).

Hier gilt es schnelle Hülfe!

(Guron verschwindet schnell hinter der Portière in das Seitenzimmer links.)

Nicoletta (zur Gräfin, die fassungslos dasteht).

Nun, Frau Gräfin —?

Gräfin (immer verwirrter).

Sie täuschten sich, hohe Frau. Nur wir befinden uns in diesem Zimmer — wer sollte hier wohl ein Geräusch verursachen? Gewiß, Sie täuschten sich.

Nicoletta (heftig).

Gewiß, ich täuschte mich nicht. Laſſen Sie uns nachſehen.

Gräfin.

Aber, Frau Herzogin —

Nicoletta.

Laſſen Sie mich —.

(Indem Nicoletta auf den Tiſch zuſchreitet, hört man plötzlich im Nebenzimmer links einen ſchweren Gegenſtand zu Boden fallen und zerſchellen.

Gräfin (wankend).

O, mein Gott!

Nicoletta (ſtehenbleibend).

Nun, Frau Gräfin, hörten Sie auch jetzt nichts? Täuſchte ich mich zum zweiten Male? Ich denke, dieſes Geräuſch hätte ein Tauber hören müſſen. Warum erbleichen Sie? Warum reden Sie nicht?

Gräfin.

Frau Herzogin —

Nicoletta.

Mit Ihrer Frau Herzogin! Antworten Sie! Antworten Sie!

Gräfin.

Gnade!

Nicoletta.

Gnade? Hier geht alſo etwas vor, das meiner Verzeihung, meiner Gnade bedarf? Ich will es kennen lernen. Leuchten Sie mir in jenes Zimmer, denn von dorther kam der Lärm.

Gräfin.

Barmherzigkeit!

Nicoletta.

Leuchten Sie mir in jenes Zimmer — ich befehle es!

Gräfin (im Begriff, den Armleuchter zu ergreifen).

Umſonſt — ich kann nicht mehr!

(Die Gräfin ſinkt ohnmächtig auf das Ruhebett).

Nicoletta (den Armleuchter ergreifend).

Wohlan, so will ich selbst das Geheimniß enthüllen!

(Nicoletta eilt in das Nebenzimmer links.)

Karl (rasch unter dem Tisch hervorkriechend).

Gott sei Dank! — Rette sich, wer kann!

(Indem Karl durch die Seitenthüre rechts entflieht, fällt rasch der Vorhang.)

———

Zweiter Act.

Luneville.

Zimmer im herzoglichen Palast. Links im Vordergrunde ein Kamin, daneben ein größerer Tisch mit Schreibmaterial. Rechts im Vordergrunde ein Fenster, daneben ein kleinerer Tisch und Lehnstühle. Mittel- und Seitenthüren.

Erster Auftritt.

Herzog Karl. Nicoletta. Klaudia.

(Nicoletta und Klaudia sind mit weiblichen Handarbeiten am Tische rechts beschäftigt.)

Karl (der bisher auf- und abgegangen, vor Nicoletta stehen bleibend).

Aber liebste Nicoletta —

Nicoletta (ihre Arbeit weglegend).

Du thätest besser, Du schwiegst. Es gewinnt wahrhaftig den Anschein, als wolltest Du die leichtfertige Französin noch in Schutz nehmen.

Karl.

Ich denke nicht daran; ich gebe Dir vollkommen Recht. Doch warum gießest Du die Schalen Deines Zornes auf meinen unschuldigen Scheitel aus?

Nicoletta.

Warum? Eine schöne Frage! Weil Du der Herr des Hauses bist, weil es Dir geziemt, im herzoglichen Palast auf Ordnung und Schicklichkeit zu achten.

Karl.

Wer leugnet das? Auch ich fühle mich durch das Benehmen der Gräfin tief verletzt; aber —

Nicoletta.

Spricht nicht das Auftreten dieser Dame aller guten Sitte Hohn?

Klaudia.

Liebe Schwester —

Nicoletta.

Unterbrich mich nicht, mein Kind; mische Dich nicht in Dinge, die Du bei Deiner Jugend nicht verstehst. Oder findest Du es vielleicht in der Ordnung, wenn Damen, die als Gast an unserm Hofe weilen, Krankheit vorschützen, um ungestört die Besuche fremder Kavaliere anzunehmen?

Klaudia.

Gewiß nicht. Vielleicht aber giebt es für die Gräfin eine Entschuldigung.

Nicoletta.

Eine Entschuldigung? Ich wäre begierig, sie kennen zu lernen. Wenn sich ein Mann, ein Fremder, der bisher noch mit keinem Auge gesehen wurde, in das Schlafgemach einer schönen Wittwe versteckt, so giebt es dafür überhaupt keine Entschuldigung.

Karl.

(Für sich.) Heute ist sie wieder gut im Zuge. (Laut.) Aber, süßes Herz, weißt Du denn auch, wie er dahineingekommen?

Nicoletta.

Weißt Du's vielleicht?

Karl.

Ich? Gott soll mich bewahren! Ich meine nur —

Nicoletta.

Nun also! Es war eine schöne Lage, als ich mich einem Menschen gegenübersah, der sich mit der unbefangensten Miene von der Welt als Marquis von Guron und Gesandten Richelieu's vorstellte.

Karl.

(Für sich.) Das war also der Brummer? (Laut.) Siehst Du wohl? Ein andermal geh' nicht in fremde Schlafzimmer.

Nicoletta.

Mein Herr, ich verbitte mir alle impertinenten Redensarten. (Zu Klaudia, welche laut lachte.) Und Dir, Fräulein Schwester, hätte ich auch ein feineres Gefühl für Tact und Sitte zugetraut; ich hätte nicht geglaubt, daß Du bei Vorfällen so empörender Art noch lachen könntest. Sind das vielleicht die Früchte Deiner klösterlichen Erziehung?

Klaudia.

Zu lachen war uns im Kloster nicht verboten.

Nicoletta.

Es kommt nur darauf an, worüber man lacht. Doch genug! —
Jetzt, mein Herr und Gemahl, rechtfertige Dich, weshalb Du
gestern Abend unter einem falschen Vorwand den Spieltisch ver=
ließest und länger als eine Stunde wie verschwunden warst?

Karl.

Mein Gott, ich fühlte mich ermüdet, abgespannt von den Ge=
schäften des Tages; überdies war es im Saale unerträglich heiß.
Draußen aber schien der Mond — und die Bäume rauschten —
und die Blumen dufteten — und die Nachtigallen sangen —
und — —

Nicoletta.

Sieh', sieh'! Diese Freude an der Natur ist ja eine ganz
neue Eigenschaft, die ich an Dir bewundern lerne. Sonderbar!
Sonst suchtest Du Erholung hinter dem Weinkruge an der Seite
Deiner wüsten Zechgenossen; seit der Ankunft dieser abenteuernden
Französin freilich ist Manches anders geworden. Mit den neuen
Moden überkam uns auch eine zarte Neigung zur Poesie, eine
sanfte Schwärmerei für Naturgenüsse: aus fluchenden Kriegsknechten
wurden wir schmachtende Schäfer.

Karl (vor Nicoletta hintretend).

Fluchen kann ich noch, Nicoletta! Mißbrauche nicht meine
Geduld; ich bin der ewigen Sticheleien herzlich müde.

Nicoletta.

Und ich bin es müde, neben jener Dame die zweite Rolle zu
spielen. Ist sie oder bin ich die Herzogin? Fast sieht es so aus,
als wäre ich bereits abgesetzt. Das ist ein Knixen, ein Hofmachen,
ein Ersterben in Unterthänigkeit, und mein Herr Gemahl allen
Anderen voraus. O, und wenn es nur das wäre! Aber ein
Verdacht zittert in meiner Seele, ein Verdacht —

Klaudia.

Aber Schwester — Schwager! Was· seid Ihr für närrische
Leute. Das geht nun schon den ganzen Morgen so. Kehrte ich
in die Heimath zurück, um von dem Einen zu hören, daß er noch

fluchen könne, und von der Andern, daß ein Verdacht in ihrer Seele zittere? Ich bitte Euch, seid vernünftig, reicht Euch die Hände und laßt es wieder gut sein.

Nicoletta.

O, mein Kind, Du kennst die Männer nicht.

Karl.

O, mein Kind, Du kennst die eifersüchtigen Weiber nicht.

Klaudia.

Ich will sie auch nicht kennen lernen; ich will nur Frieden und Ruhe im Kreise der Meinen. Komm, Schwesterchen, glätte Deine krause Stirn und gieb nach: Du bist zu weit gegangen. Die Gräfin, mag sie nun gefehlt haben oder nicht, bleibt immer eine Dame von hohem Rang und die Freundin Deines Gatten.

Nicoletta.

Freundin? Noch einmal, liebe Klaudia, rede nicht von Dingen, die Du bei Deiner Jugend nicht verstehst, nicht verstehen kannst. Freundin?! Du gutes, unschuldiges Lamm glaubst noch an Freundschaft zwischen einem Mann, wie der meine ist, und einer jungen pariser Wittwe? Gott erhalte Dir Deine Harmlosigkeit! Sei erst so alt wie ich, und Du wirst anders denken.

Klaudia.

Das wäre also in vier Jahren.

Zweiter Auftritt.

Herzog Karl. Nicoletta. Klaudia. Oberst von Schweinichen.

Schweinichen (durch die Mitte).

Hoheit, 's ist Jemand draußen!

Karl (gutmüthig).

Mensch! Brutaler Oberst! Wirst Du Dich denn niemals an die nöthige Form der höfischen Etiquette gewöhnen?

Schweinichen.

Nein.

Karl.

Du bist ein unverbesserlicher Gesell! — Nun denn, wer ist's?

Schweinichen.

Ein Marquis von Guron. Den langen Schwanz seiner übrigen Titel habe ich mir nicht merken können.

Karl.

Ah so, der Marquis? Sage ihm, ich ließe bedauern —

Schweinichen (will gehen).

Zu Befehl —

Nicoletta.

Bleibt, Herr Oberst — (zu Karl.) Du willst den Marquis nicht empfangen?

Klaudia.

Bedenke, Schwager, den Gesandten Richelieu's.

Karl.

Ich mag ihn nicht sehen — wenigstens heute nicht.

Nicoletta.

Weil Du ihn wegen seines Betragens nicht zur Rede stellen willst?

Karl.

Aber Nicoletta —

Nicoletta.

Weil Du Dich fürchtest, dem Günstling Deiner Gräfin ein Wort des Tadels zu sagen?

Karl.

Ich versichere Dich —

Nicoletta.

Versichere mich nichts, sondern handle Deinem Amte und Deiner Pflicht gemäß. Als Fürst mußt Du den Geschäftsträger Frankreichs hören, als Familienhaupt den Frevler gegen die gute Sitte Deines Hauses zur Ordnung weisen.

Karl.

Nun meinetwegen! Schweinichen, so laß' ihn kommen.

Schweinichen.

Zu Befehl.

(Schweinichen durch die Mitte ab).

3

Nicoletta.

Wir verlassen Dich für jetzt; nur das Eine noch: wenn Dir irgend etwas an meiner Liebe gelegen ist, so zeige Dich endlich einmal als Mann und mache dem windigen Franzosen begreiflich, daß er sich nicht in Paris, sondern in Luneville befindet, wo man noch auf Zucht und Ehrbarkeit hält.

Klaudia (Karl die Backen streichelnd).

Thu' ihr den Gefallen, Schwager, und sei ein wenig grob. Du hast es doch sonst so gut gekonnt.

Karl.

Seid unbesorgt, ich werde ihn vernichten.

(Nicoletta und Klaudia ab durch die Seitenthüre rechts.)

Dritter Auftritt.

Herzog Karl (allein.)

Ach, das ist eine verwünschte Existenz! Zwar Unrecht hat meine gute Nicoletta nicht und hübsch genug sah sie aus in ihrer sittlichen Entrüstung. Sie wäre überhaupt ein ganz erträgliches Weib, wenn sie ihr kampflustiges Temperament nur einigermaßen zu dämpfen vermöchte. Aber das brummt, knurrt und schnurrt tagaus und tagein. — Nein, nein! Lieber Möpse abrichten, als ein solches Leben noch lange weiterführen. Und wüßte sie erst, daß ich gestern Abend unter dem Tisch — — mich schaudert, wenn ich daran denke! Gott sei Dank, daß ich mit einem blauen Auge noch davonkam. — Aber dieser Marquis! Was hatte der bei der Gräfin zu suchen? Ein Liebesverhältniß? — Thorheit! Richelieu's Nichte will höher hinaus. — Soviel ist gewiß: er war vor mir bei der Gräfin, und meine Ankunft scheuchte ihn in jenes Nebenzimmer. Ob er mich wohl erkannte? Ob er gesehen hat, wie der regierende Herzog von Lothringen auf allen Vieren unter einen Tisch kroch? Es wäre fatal — aber gleichviel! Ich werde ihm mit möglichster Unbefangenheit meine ganze Mißbilligung an den Tag legen; damit mache ich gleichzeitig meinem alten Schweinichen eine große Freude.

Vierter Auftritt.

Herzog Karl. Schweinichen. Marquis von Guron.

Schweinichen (durch die Mitte, meldend).

Marquis von Guron.

Karl.

Er ist willkommen.

Guron (sich tief vor Karl verneigend).

Hoheit —

Karl (zu Schweinichen, der sich entfernen will).

Oberst, Du bleibst.

Schweinichen.

Zu Befehl.

(Pause.)

Karl (kalt).

Sie kommen aus St. Germain, Marquis?

Guron.

Von dem erkrankten Kardinal, der dem getreuen Sohn der Kirche seinen väterlichen Segen sendet.

Karl.

Was indessen den frommen Mann nicht hindert, in Gemein-schaft verworfener Ketzer dem getreuen Sohn der Kirche den Hals umzubrehen.

Schweinichen.

Sehr gut!

Guron.

Hoheit verzeihen, wenn ich nicht ganz verstehe —

Karl.

Schon gut, schon gut. — Wissen Sie auch, Marquis, daß ich mit Ihrem ersten Auftreten an unserm Hofe wenig zufrieden bin?

Guron.

Ich wäre untröstlich, das Mißfallen Ew. Hoheit erregt zu haben.

3*

Karl.

Das haben Sie in der That. Auch Ihr Kardinal wird Ihnen für die Art, wie Sie sich bei uns einführten, nur geringe Anerkennung zollen. Er vertraut Ihnen Aufträge, von denen möglicherweise das Wohl und Wehe zweier Länder abhängt, und Sie —? O, es ist wirklich stark!

Schweinichen.

Sehr stark!

Guron (immer ruhig, ohne Schweinichen zu beachten).

Und ich? — Hoheit vollendeten nicht. .

Karl.

Ist das noch nöthig? Sie vergessen, was Sie Ihrem Amt und Ihrer Würde schulden, schleichen bei Nacht und Nebel zu einer alleinstehenden Dame und werden in deren Schlafgemach gefunden. Das, mein Herr Marquis, ist im Schlosse meiner Väter nicht Gebrauch, derartige leichte Sitten kennen wir nicht.

Schweinichen.

Nein, die kennen wir nicht.

Guron.

Gnädigster Herr, darf ich eine Bitte wagen?

Karl.

Eine Bitte? Nun, sprechen Sie nur.

Guron (Karl einen Brief darreichend).

Dann geruhen Hoheit, diesen Brief zu lesen, bevor ich das Wort zu meiner Rechtfertigung ergreife.

Karl.

Von wem kommt dieser Brief?

Guron.

Lesen Sie, mein Fürst, und Sie werden mich weniger schuldig finden, als es jetzt das Ansehen hat.

Karl.

So geben Sie. (Für sich.) Gewiß wieder der alte Tröbel.

(Karl erbricht den Brief und liest.)

Guron (sich verbindlich zu Schweinichen wendend, halblaut).

Auch Ihnen, mein Herr Oberst, werde ich bald in einem besseren Lichte erscheinen.

Schweinichen (trocken).

Soll mich freuen.

Karl (in den Brief blickend, freudig erregt).

Was der Teufel, Marquis! Ich bin auf das Angenehmste überrascht. Der Kardinal selbst wandte sich an den Papst? König Ludwig unterstützte dies Gesuch durch ein eigenhändiges Schreiben? Und das Alles auf Antrieb unserer lieben Gräfin? Ist das möglich? — Aber da unten steht Richelieu; es ist kein Zweifel.

Schweinichen (für sich).

Was schwatzt er da?

Guron.

Sie sehen, Hoheit, in welchem Lager Sie Ihre ächten Freunde finden.

Karl.

Ja, das muß wahr sein! Das klingt doch anders, als wenn mir der Kaiser mit einem abgedroschenen Bibelspruche aufwartet. Das ist klar, ist vernünftig. Das verräth Wärme und Mitgefühl für fremde Leiden. — O, Sie haben mich sehr glücklich gemacht, Marquis.

Guron.

Jetzt, Hoheit, meine Vertheidigung.

Karl (immer erregter).

Ist nicht mehr nöthig; ich begreife Alles. Sie wollten meiner schönen Fürsprecherin die erste Kunde ihres Erfolges bringen.

Guron.

Ganz Recht, gnädigster Herr. Spät Abends langte ich in Luneville an. Die Zeit war vorüber, wo ich mich schicklicherweise bei Hofe noch hätte melden können; die Gräfin aber mußte Nachricht über den Zustand ihres Oheims haben, so eilte ich zu ihr. Doch kaum hatte ich einige Worte der Beruhigung gesprochen —

Karl (eifrig).

Da kam ich — (hält erschrocken inne, für sich.) O, verwünscht!

Guron (ruhig fortfahrend, als ob er nichts gehört hätte).

Da erſchien ein fremder Kavalier. Ich, im Reiſeanzug, be=
ſtaubt vom Kopf bis zu den Füßen, durfte mich vor keinem Dritten
ſehen laſſen und ſchlüpfte in ein Nebenzimmer. Wider meinen
Willen wurde ich Zeuge der Verlegenheit, in welche jener Kavalier
durch das unvermuthete Eintreten einer anderen Dame gerieth; ich
ſah ſeine Entdeckung voraus und —

Karl.

Und Sie opferten ſich für einen Unbekannten! Das war edel,
war groß! — Aber ſagen Sie mir, Marquis, wie brachten Sie
den Teufelslärm hervor? Das war ja wie der Knall einer Kar=
thaune.

Schweinichen.

Haben denn Hoheit dieſen Knall gehört?

Karl (verlegen).

Ich? — Nein! Wie kommſt Du zu der Frage?

Schweinichen.

Ich dachte nur, weil Hoheit den Knall ſo genau beſchrieben.

Karl (leiſe zu Schweinichen).

So halte doch Deinen Mund.

Guron (unbefangen fortfahrend).

Ein Amor von Alabaſter mußte herhalten. Der arme
Schelm! Jetzt liegt der pausbäckige Liebesgott wohl in Trümmern
auf dem Kehricht.

Karl.

Nun denn, Marquis, ich heiße Sie herzlich willkommen in
Luneville und freue mich, die nähere Bekanntſchaft eines ſo aus=
gezeichneten Diplomaten zu machen. Für die ſtaatsgeſchäftliche
Seite Ihres Auftrages ſtehe ich Ihnen ſogleich zur Verfügung,
zuvörderſt aber drängt es mich, unſrer armen Freundin einige
Worte des Dankes und der innigſten Theilnahme zu ſenden.

Guron.

Die Huld Ew. Hoheit iſt ohne Gränzen.

(Karl ſetzt ſich an den Tiſch links und ſchreibt.)

Karl (schreibend).

Oberst, unterhalte mir indeß den Herrn Gesandten.

Schweinichen (ohne sich zu rühren).

Zu Befehl.

(Lange Pause.)

Guron.

Sie sind kein geborener Lothringer, Herr Oberst?

Schweinichen.

Nein.

Guron.

Das Geschlecht Derer von Schweinichen ist ein weitverbreitetes?

Schweinichen.

So ziemlich.

Guron.

Wenn ich nicht irre, Herr Oberst, so standen Sie früher in kaiserlichen Diensten?

Schweinichen.

Ja.

Guron.

Erst mit dem Regierungsantritte des Herzogs kamen Sie hierher?

Schweinichen.

Ja.

Karl (den Brief zusammenlegend und adressirend).

Das muß Dir der Neid lassen, Schweinichen, Du bist ein unvergleichlicher Gesellschafter. (Sich erhebend.) So, das wäre gethan, und, wie ich glaube, nicht übel gerathen. Diesen Brief, Oberst, wirst Du der Gräfin überbringen.

Schweinichen.

Ich?

Karl.

Nun freilich. Wem sollte ich ihn sonst wohl anvertrauen?

Schweinichen (leise zu Karl).

Verschonen mich Hoheit, wenn ich bitten darf. Ich tauge nicht zu solchem Geschäft: ein alter Kerl, wie ich, giebt einen schlechten Liebesboten ab.

Karl.

Ah bah, du wirst den Brief überbringen — ich will es.

Schweinichen.

Hoheit —

Karl.

Keinen Widerspruch! Nimm ihn rasch, ich höre kommen.

Schweinichen (den Brief in die Tasche steckend).

Nun, meinetwegen.

Fünfter Auftritt.

Herzog Karl. Marquis von Guron. Schweinichen. Klaudia.

Klaudia (aus der Seitenthüre rechts).

Er kommt! Er kommt! Er ist da!

Karl.

Wer?

Klaudia.

Vetter Franz.

Schweinichen (erfreut).

Wär's möglich?

Karl.

Unser Kardinal?

Klaudia.

Von meinem Fenster aus sah ich ihn drunten im Schloßhof aus der Sänfte steigen.

Schweinichen (gegen die Mittelthür gewandt).

Weiß Gott, da ist er schon!

Sechster Auftritt.

Herzog Karl. Marquis von Guron. Schweinichen. Klaudia. Kardinal Franz.

Franz (durch die Mitte eintretend).

Mein Herzog und Bruder —

Karl (Franz umarmend).

Grüß' Dich Gott, Du treue Seele.

Franz (sich zu Schweinichen wendend).

Hans, mein alter Freund!

Schweinichen.

Dem Himmel sei Dank, daß Du — daß Sie wieder da sind,
Eminenz.

Karl (Klaudia vorführend, die sich mit Guron etwas zurückgezogen hatte).

Und hier, Franz, hier!

Franz.

Wer ist die Dame?

Klaudia.

Kennst Du mich nicht mehr, Vetter?

Franz.

Klaudia, Du?! (Klaudia's Hände fassend, sehr innig.) Ja, das sind
die guten, lieben Augen, das ist der milde Strahl, der mit seinem
sonnigen Glanz die Tage meiner Kindheit erhellte. Klaudia, Ge=
spielin meiner Jugend, meine Schwester, mein Kind, sei mir
gegrüßt!

(Franz küßt Klaudia auf die Stirne.)

Klaudia.

Mein lieber, lieber Vetter.

Schweinichen (die Gruppe betrachtend, für sich).

Schade, daß er ein Pfaffe ist.

Guron (vortretend).

Wenn es einem Fremden gestattet ist, sich in den Kreis der
Begrüßenden zu drängen, so bringe auch ich Ew. Eminenz meinen
Glückwunsch zur frohen Rückkehr in die Heimath dar.

Karl (da Franz den Marquis befremdet anblickt).

Ah, ich vergaß! — Marquis von Guron, lieber Franz, der
Gesandte Richelieu's.

Franz (stolz).

Ich freue mich, Sie zu sehen, Herr Marquis, und bedauere
nur, daß Sie nicht vierzehn Tage früher eintrafen. Die unerquick=
liche Reise nach Neufville wäre mir dann erspart geblieben.

Karl.

Wie soll ich das verstehen, Franz?

Franz.

Ludwig von Frankreich ist das Echo Richelieu's. Was auch des Ministers Stimme in das Ohr des willenlosen Zöglings hauche, die schlaffe Seele tönt es zurück, nicht fragend, ob es gut oder böse, schön oder häßlich sei. Da im Marquis von Guron Richelieu selbst zu uns redet, so bedurfte es des Umwegs zu König Ludwig nicht.

Guron.

Noch fragt es sich, mein Prinz, ob wir die Träger derselben Botschaft sind.

Franz.

Zweifeln Sie daran? (Zu Karl gewandt.) So hören Sie, mein Bruder. Man ist geneigt, auf die Verlängerung des Waffenstill= standes einzugehen, wenn sich der deutsche Reichsfürst, Karl von Lothringen, entschließen kann, der Krone Frankreichs für das Herzogthum Bar den Eid der Huldigung zu leisten.

Schweinichen.

Oho!

Karl.

Weiter.

Franz.

Als Bürgschaft unsrer redlichen Gesinnung fordert man die Uebergabe der Vesten Zabern, Dachstein und La Motte.

Schweinichen.

Außerordentlich bescheiden.

Karl.

Schweig', Oberst. — Weiter.

Franz.

Das unbesiegte Nancy, Lothringens jungfräuliche Beherrscherin, soll seine Thore öffnen und als Pfand in Frankreichs Händen bleiben für die Dauer dieses unglückseligen Krieges.

Schweinichen.

Donnerwetter!

Klaudia.

O, mein Gott!

(zugleich.)

Franz.

Nun, Herr Marquis, hatten Sie uns etwas Anderes, Besseres zu bringen?

Guron.

Ich gestehe — nein!

Karl (verlegen).

Die Bedingungen sind nicht härter, als ich fürchtete. — Nancy freilich ist ein wenig viel.

Schweinichen.

Viel zu viel!

Klaudia.

O, gewiß!

(zugleich).

Karl.

Indessen die Sache will überlegt sein.

Franz.

Bruder?!

Karl.

Es ist da manches Für und Wider zu erwägen.

Franz (leidenschaftlich).

Bedarf es hier einer Erwägung? Nun und nimmer! Für Nancy den letzten Dragoner, den letzten Musketier in's Feuer!

Schweinichen (leise zu Franz).

Ruhig, Prinz, ruhig!

Karl.

Ei, Bruder Kardinal, warum so erregt? Ich sage ja nicht, daß ich Nancy schon heute übergeben will. Im Gegentheil! Solch' Ding will gute Weile haben. — Sieh' nicht so finster drein, Franz, Du bist überreizt, angegriffen von der beschwerlichen Reise — ruhe Dich aus. Morgen ist auch noch ein Tag, wo wir das Alles mit Muße besprechen können.

Franz.

Morgen? Warum bis morgen verschieben, was wir heute aussprechen müßten, ohne Besinnen, im Augenblick — ein kurzes, kräftiges Nein!

Karl (ungeduldig).

Weil — doch genug! — Folgen Sie mir, Marquis, in mein Kabinet; ich habe Sie noch Mancherlei zu fragen. Nochmals will-

kommen, Franz, am Herde der Deinen. Oberst, vergiß nicht, was
ich Dir aufgetragen habe.

(Karl und Guron ab in das Seitenzimmer links.)

Siebenter Auftritt.

Franz. Klaudia. Schweinichen.

Franz.

Klaudia — Freund! Was muß ich hören, was mit diesen
meinen Augen sehen?!

Schweinichen.

Ruhig, Prinz! Laß' nicht zu früh den Panzer unter der
Kutte rasseln.

Klaudia.

Muth! Muth, mein wackerer Vetter!

Franz.

Nein, redet mir nicht gütig zu; versucht es nicht, den Zorn,
den Grimm zu dämpfen, der in meinem Herzen kocht und wühlt.
Was habe ich erlitten, was erduldet! Mit Artigkeiten haben sie
mich wundgepeitscht, vergiftet mit honigsüßer Schmeichelrede; und
hinter der geschminkten Larve lauerte die grinsende Gier nach
unserm Hab und Gut, nach unsrer Freiheit und Ehre. — Die
Pest herab auf die frisirte Räuberhorde!

Schweinichen.

Eminenz, fluche nicht! Das schickt sich nicht für einen Seelen-
hirten.

Franz.

O, mahne mich jetzt nicht an mein Priesterthum. Haß, rufe
ich! Haß und Krieg bis zur Vernichtung!

Schweinichen.

Sehr kriegerisch sieht es eben bei uns nicht aus.

Franz.

Gott sei's geklagt! Wie finde ich meinen Bruder wieder?
Ist das noch der tollkühne Karl, den es vor Lust schauerte wie
ein edles Schlachtroß, wenn die Fanfaren zum Angriff bliesen?
Was konnte, was durfte ihn so verwandeln?

Schweinichen.

Was? Ein Brief!

Franz und Klaudia.

Ein Brief?

Schweinichen.

Den der französische Windhund mitbrachte. Ich habe ihn nicht gelesen, aber es schien darin von artigen Dingen die Rede zu sein: von Richelieu, König Ludwig, unsrer lieben Gräfin, vom Papst, von — was weiß ich? Das Ganze läuft sicherlich auf eine Verschwörung gegen unsre gute Herzogin hinaus.

Klaudia.

Gegen meine Schwester?

Franz (erfreut).

Ah, ist es nur das?! Hat Richelieu keine besseren Karten auszuspielen, so übertrumpfe ich ihn. Auch mir stehen Bundes-genossen in Rom zur Seite, und ich weiß, sie waren nicht müßig. Wohlan denn, Kardinal gegen Kardinal, Purpur gegen Purpur! Wir wollen sehen, wer Sieger bleibt.

Klaudia (die Hand des Kardinals ergreifend).

So gefällst Du mir Vetter! So bist Du tapfer, schön, so bist Du gut.

Schweinichen.

Mein Sohn, Du machst mir Freude. — Still, die Herzogin!

Achter Auftritt.

Franz. Klaudia. Schweinichen. Nicoletta.

Nicoletta (von rechts).

Verzeihung, Schwager, wenn ich Dich erst jetzt begrüße. Man hielt es nicht für nöthig, Deine Ankunft mir zu melden. Sei versichert, daß ich mich des Wiedersehens herzlich freue.

Franz (Nicoletta die Hand küssend).

Vielleicht blieb ich zu lange aus. Ich finde hier Manches, das mir nicht gefällt.

Nicoletta.

Also auch Du? Ach, Schwager, was soll ich Dir sagen? Wo soll ich beginnen? Wo aufhören? Hier steht nichts mehr auf dem rechten Fleck. Seit sich diese Französin bei uns eingenistet hat, ist Alles verschoben, verändert, verdreht, unser ganzes gewohntes Leben auf den Kopf gestellt.

Schweinichen.

Das weiß der Himmel! Seht mich nur an: ich bin ein schaubervolles Exempel des neuen Wesens. Ich war der Letzte, der Widerstand zu leisten suchte — vergebens! Meine ehrliche deutsche Reitertracht haben sie mir genommen, und ich mußte den französischen Firlefanz anlegen.

Franz.

Ach ja, Hans, ich vergaß, Dir zu Deiner geschmackvollen Toilette Glück zu wünschen.

Schweinichen.

Nicht wahr, sie ist anmuthig? Schön rosafarben und zeisiggrün. Was wollt Ihr? Soll ich denn einmal den Papagei spielen, so will ich es auch ordentlich thun! — Und das muß mein greises Haupt erleben. O Schlesien, mein Heimathland, warum verließ ich dich und betrat diesen unheilvollen Boden?

Klaudia. (lachend).

Seht nur, er ist ganz bewegt.

Schweinichen.

Das bin ich auch. Bemerkt Ihr die Zähre in meinem Auge?

Klaudia.

Nein.

Schweinichen.

Auch Ihr nicht, Frau Herzogin?

Nicoletta (gleichfalls lächelnd).

Auch ich nicht.

Schweinichen.

Aber Du, Kardinal?

Franz.

Beim besten Willen nicht.

Schweinichen.

Sie ist aber da und soll zum Gedächtniß dieser Stunde auf-
bewahrt werden. (Er zieht ein Spitzentaschentuch hervor und verliert dabei den Brief
des Herzogs). Dieses Ding — nicht einmal ein Floh kann sich die
Nase darin schnäuzen, geschweige denn ein wohlgestalteter Mann —
dieses Spinngewebe sei der Sarg der kostbaren Perle.

(Schweinichen trocknet sich die Augen).

Klaudia (welche den Brief aufhob).

Ihr habt in Euerm patriotischen Schmerze etwas verloren,
Oberst. — Aber, was sehe ich? Ihr correspondirt mit der Gräfin
von Cantecroix?

Schweinichen.

Ich?! — (In die Tasche greifend, für sich.) Um Gotteswillen, mein
Brief!

Nicoletta (aufmerksam).

Der Oberst im Briefwechsel. mit der Gräfin?

Klaudia (den Brief an Nicoletta reichend).

Sieh' selbst, Schwester, ob es nicht wahr ist?

Nicoletta (aufschreiend).

Allmächtiger Gott!

Schweinichen (für sich).

O, Du mein blutiger Heiland!

Nicoletta.

Oberst, wie kommt Ihr zu dem Briefe?

Schweinichen (stammelnd).

Ich? Ich — — nun, ich schrieb ihn selbst.

Nicoletta.

Das hättet Ihr geschrieben? Ist das Eure Hand?

Schweinichen.

Versteht sich. Ist sie nicht schön?

Nicoletta (die den Brief öffnete).

Heißt Ihr Karl?

Schweinichen.

Wer? — Ich?

Nicoletta.

Nun ja, Ihr!

Schweinichen.

Nein — warum?

Nicoletta.

Karl lautet die Unterschrift.

Schweinichen.

Ach so! — Freilich — manchmal — manchmal nenne ich mich auch Karl.

Nicoletta.

Elender Lügner! (In den Brief sehend.) O, Verrath! Nichts-würdiger Verrath!

Klaudia.

Aber was giebt es denn, Schwester?

Nicoletta.

O, Klaudia — Schwager! Ich bin schändlich hintergangen, betrogen, wie noch kein Weib auf der Welt.

Franz.

Das verhüte Gott! Wer hätte das gethan?

Nicoletta.

Wer? — fragst Du — wer? Wer anders, als mein Mann, Dein falscher, heuchlerischer Bruder? (Auf Schweinichen zeigend.) Und dort steht sein sauberer Helfershelfer, der alte, graubärtige Kuppler!

Schweinichen (zerschmettert.)

Hart, aber gerecht.

Klaudia.

Aber so erkläre doch —

Nicoletta.

O, Ihr sollt Alles erfahren, Alles! Aber nicht hier. Von Angesicht zu Angesicht will ich mit dem Betrüger reden, ich will ihm sagen —

Klaudia.

Ruhe, Fassung, Schwester.

Nicoletta.

Ich will nicht ruhig sein, ich will mich nicht fassen! Wer das von mir verlangt, der ist mein Freund nicht, der hält es mit den beiden Wüſtlingen, den Schelmen. Aber wo iſt der Verräther? (Zu Schweinichen.) Antworte, liederlicher Greis, wo iſt Dein Herr?

Schweinichen (nach links deutend).

Da kommt er eben.

Neunter Auftritt.

Franz. Nicoletta. Claudia. Schweinichen. Herzog Karl.
Marquis von Guron.

Karl (mit Guron von links).

Was geht hier vor? Was erregt Dich ſo, Nicoletta?

Nicoletta.

Bin ich wirklich erregt? O, es ſoll noch beſſer kommen! — Alſo wir waren geſtern Abend im Garten? Der Mond ſchien ſo ſchön, die Nachtigallen ſangen, die Blumen dufteten — kennſt Du dies, Naturſchwärmer?!

(Nicoletta hält Carl den Brief vor.)

Karl (ſehr erſchrocken).

Großer Gott, mein Brief!

Guron (für ſich).

Was bedeutet das?

Nicoletta.

Erbebſt Du, Heuchler? Fiel endlich die Maske der Unſchuld? — So hatte meine Ahnung doch Recht: trotz aller Schwüre und Betheuerungen warſt Du geſtern bei der Gräfin — der Brief hier ſpricht es aus.

Karl (flehend).

Nicoletta.

Nicoletta.

Schweig'! Du wirſt mich nicht zum zweiten Male täuſchen. Verſuche es nicht, Töne anzuſchlagen, deren ſüßem Zauber ich vormals nimmer widerſtanden hätte. Jetzt iſt es aus zwiſchen uns, ganz und für immer aus! (Schluchzend.) Und ich habe Dich doch ſo lieb gehabt, ach Gott, ſo lieb!

Karl (wie oben).

Nicola!

Nicoletta.

Nein, ich will nicht weinen! Ein falscher Mann, wie Du, ist keiner Thränen werth. — Das also ist der Dank für meine Huld? Das ist der Dank für die Gutthaten, mit denen ich Dich seit Jahren überhäufte? Ich rede nicht davon, daß ich Dich, das kleine Prinzlein, den armseligen Sproß einer Nebenlinie, den Landsknecht in kaiserlichen Diensten, zur goldenen Höhe meines Thrones zog; daß ich neiblos Dir den ersten Platz vergönnte und mich Deines jungen Glanzes freute. Nicht die Fürstin spricht aus mir, nur das gekränkte, in seinen heiligsten Rechten verletzte Weib; das Weib, das an Dir hing in unwandelbarer Liebe, dessen Treue und Hingebung Du nicht anders zu vergelten weißt, als durch Lug und Trug. Geh', geh' hin zu Deiner schönen Gräfin! Flüstre ihr kosend in das Ohr, was Du ihr da geschrieben, spotte und lache mit ihr über Deine leichtgläubige Frau, thu', was Du willst; nur mir, mir komm' nicht mehr unter die Augen, Du — Du — Du, Muselmann!

(Nicoletta wirft Karl den Brief vor die Füße und eilt schluchzend ab.)

Karl (wüthend).

'Nickel — nicht Nicoletta! Jetzt habe ich es satt!

Franz.

Mäßigung, Bruder. Wenn Dein gekränktes Weib sich nicht bemeistern konnte, so ist es an Dir, dem schuldigen Manne, die Fassung zu bewahren.

Karl.

Ei was, schuldig! Fassung! — Ich bin wüthend, ich bin außer mir. Was in aller Welt habe ich denn so Schlimmes gethan, daß sie mich wie einen Schulbuben schelten darf?

Schweinichen.

Ach, und wie ist es mir erst ergangen!

Karl (zu Schweinichen).

Du, alte Klatschbase, nimm Dich in Acht! — Naturschwärmer! Landsknecht! Muselmann! Habt Ihr's auch gehört? Ihre Wohlthaten mir in's Gesicht zu werfen, und noch dazu vor Zeugen! O, ich muß los von dieser Xantippe, los um jeden Preis!

Klaudia.

Ein wenig Reue, Schwager, ziemte Dir besser, als dieses sinnlose Wüthen.

Karl (immer hitziger).

Rührt sich das Schwesterchen auch? Fällt die ganze Sippe über mich her? — Ho, ho! Ich will Euch beweisen, daß ich der Gebieter bin, Lothringens Herzog, bestätigt von Kaiser und Reich. (Zu Guron gewandt.) Marquis, ist es Ihrem Monarchen wahrhaftiger Ernst um die Lösung meiner Ehe?

Guron.

Heiliger Ernst.

Karl.

Und glauben Sie an einen glücklichen Erfolg?

Guron.

Ich setze mich selbst zum Pfande.

Karl.

Wohlan, so werfe ich mich in Frankreich's Arme!

Franz.

Bruder, bedenke —

Klaudia.

Nein, nein, um Gotteswillen, nein! (Zugleich.)

Schweinichen.

Weiter fehlte nichts!

Karl (fortfahrend).

Und als Bürgschaft dieses meines aufrichtigen Willens über-gebe ich noch heute Nancy!

Franz.

Das darf nicht sein!

Karl.

Wer will mich hindern? — Kommen Sie, Marquis, aus meinen Händen die Ordre für den Kommandanten zu empfangen.

Franz (Karl den Weg vertretend).

Noch ein Wort, mein Bruder!

Karl.

Hinweg! Wagt es, mir in den aufgehobenen Arm zu fallen, und ich zermalme Euch! — Kommen Sie, Marquis.

(Karl und Guron ab nach links.)

Schweinichen (wirft seinen Federhut zu Boden und tritt ihn mit Füßen).

Ei, so schlage Gott den Teufel todt! Nun ist's aus!

Klaudia (die Hände ringend).

Mit Nancy geht Alles verloren!

Franz (Beider Hände fassend.)

Nein, nicht Alles! Muth, Ihr Lieben, Muth! Noch giebt es eine Aussicht auf Hülfe, und diese Hülfe — sie kommt aus Rom!

Schweinichen:

Nun, mir soll's recht sein; aber es wäre das erste Mal, daß aus Rom etwas Gescheidtes käme!

(Indem sich Alle zum Abgang wenden, fällt der Vorhang.)

Dritter Act.

Luneville.

Kleiner Bankettſaal im herzoglichen Palaſt. Im Hintergrund drei breite, mit Vorhängen geſchloſſene Thüren, welche in einen größeren Ballſaal führen. Im Mittelgrunde rechts und links Seitenthüren. Links im Vordergrunde ein hoher, mit goldenen und ſilbernen Trinkgeſchirren beſetzter Kredenztiſch. Rechts im Vordergrunde ein reichverziertes Kamin; davor ein Tiſch und geſchnitzte Lehn-ſeſſel. In beiden Sälen Kronleuchter mit brennenden Kerzen. Das Ganze muß den Eindruck großer Pracht machen.

Erſter Auftritt.

Marquis von Guron. Gräfin von Cantecroir.

Guron (mit der Gräfin durch die Mitte eintretend).

Geſtattet die Königin des Feſtes, daß ich ſie einige Minuten dem Gewühl des Ballſaales entführe und in dieſe ſtilleren Räume flüchte?

Gräfin.

Warum nicht? In einer Viertelſtunde erſt wird der Herzog erſcheinen: Sie können mir alſo die Ereigniſſe des geſtrigen Tages ausführlicher erzählen. O, ich wußte es wohl: das Schickſal war mir eine Genugthuung für meine neuliche Niederlage ſchuldig. (Sich ſetzend.) Doch laſſen Sie hören.

Guron.

Das Hauptſächlichſte wiſſen Sie: Nancy iſt unſer! Nur Weniges habe ich hinzuzufügen, aber dies Wenige iſt unerfreulich genug. Ihre Nachrichten über Feria haben ſich nur zu ſehr be-ſtätigt. Der Herzog vereinte ſich mit Albringer, zog tollkühn unter den Wällen Baſel's vorüber und fiel in den Sundgau und das Elſaß.

Gräfin.

Woher haben Sie das erfahren?

Guron.

Vor wenig Augenblicken kam ein Bote aus dem königlichen Hauptquartier. Seinen abgetriebenen Klepper ließ er in einer Schänke vor den Thoren und schlich sich unter dem Schutze der Dämmerung in meine Wohnung.

Gräfin.

Hier weiß man noch nichts von den Fortschritten der Kaiserlichen.

Guron.

Bis jetzt, so hoffe ich, nicht. Allzulange aber kann es nicht verborgen bleiben. Die Grafen vom Rhein und von der Pfalz, mit blutigen Köpfen von Breisach zurückgeworfen, haben eine Vertheidigungsstellung bei Kolmar bezogen; Marschall de la Force steht bei Remiremont, dem Spanier den Weg durch das Moselthal zu verlegen. Seine Macht jedoch ist schwach, wiederholt hat er um Hülfe gebeten, und so bricht noch heute das ganze Heer des Königs zu seiner Unterstützung auf; nur ein kleiner Bruchtheil bleibt als Besatzung in Nancy zurück.

Gräfin (aufstehend).

Ei, da kommt ja der stockende Krieg auf einmal wieder in Fluß. Was aber, theuerster Freund, hat das Alles mit uns zu schaffen?

Guron.

Sie fragen noch?,

Gräfin.

Gewiß. Herzog Karl ist jetzt so gut wie unser Bundesgenosse. Seit der Uebergabe Nancy's dürfen Sie nicht länger an der Redlichkeit seiner Absichten zweifeln. Die Entfremdung der beiden Ehegatten ist vollständig, scheint mir unheilbar; und das stolze Gebäude unsrer Wünsche wird sich krönen, sobald wir den Dispens aus Rom in Händen haben.

Guron.

Ganz richtig. Aber wie lange läßt die Antwort des Papstes auf sich warten! Auch kennen Sie Ihren fürstlichen Verehrer nur wenig, wenn Sie der Festigkeit seiner Entschlüsse so unbedingten

Glauben schenken. Dieser feurige Kardinal, dieser ungehobelte Oberst, ja selbst die kleine Klaubia sind uns entschieden feindselig gesinnt. Sie werden Alles aufbieten, den Herzog andern Sinnes zu machen; und ich besorge, bei dem ersten Merkzeichen, daß man durch Feria's Siege und den Abzug des französischen Heeres Luft bekommen habe, wird der Herzog uns entschlüpfen und die Hand den alten Waffenbrüdern reichen.

Gräfin.

O, fürchten Sie das nicht. Seit gestern schmachtet der träge Fürst bedingungslos in meinem Bann.

Guron.

Und möchte dieser Bann noch so bestrickend sein, es giebt einen Gegenzauber, der ihn mit einem Schlage lösen könnte. Wecken Sie den Soldaten im Herzog, und er sprengt die Rosenketten, die Sie tausendfältig um ihn gesponnen, und aus einem lauen Freund ersteht uns abermals ein erbitterter Gegner. Täuschen wir uns nicht, schöne Gräfin, von der rechtzeitigen Ankunft des Dispenses hängt Alles ab; der Bruch mit dem Kaiserhause wird erst dann unwiderruflich sein, wenn der Herzog seine Gemahlin wirklich verstößt. Bevor dies nicht geschehen, müssen wir auf das Schlimmste gefaßt sein.

Gräfin.

Was aber vermögen wir dabei zu thun?

Guron.

Ich kann nur warten und hoffen, daß uns der römische Bescheid sobald als möglich dieser quälenden Unsicherheit entreiße; Ihnen aber, reizende Armida, bleibt die Sorge, unsern verliebten Ritter aus der süßen Betäubung des Herzens und der Sinne nicht zu frühzeitig erwachen zu lassen.

Gräfin.

Eigentlich sollte ich Ihnen zürnen. Dieses, wenn auch leise Mißtrauen gegen meine Erfolge habe ich nicht verdient. Aber sei es drum! Ich werde das Möglichste thun, um ganz und voll den Beifall meines ängstlichen Bundesgenossen zu gewinnen. Doch still, man naht durch die Gallerie.

Guron.

Dann scheiden wir. Es wäre nicht gut, wenn man uns hier beisammen fände.

Gräfin (Guron die Hand zum Kuße reichend).

Wohlan, auf Wiederfehen.

Guron.

Armida hüte ihren Rinald.

Gräfin.

Sie wird ihn hüten, verlaffen Sie fich darauf.

(Guron durch die Seitenthüre links, die Gräfin durch die Mitte ab.)

Zweiter Auftritt.

Kardinal Franz. Oberst von Schweinichen.

Schweinichen (mit Franz von rechts auftretend und die Gräfin noch bemerkend).

Ei, daß Dich —!

Franz (aus seinem Nachdenken aufblickend).

Was giebt es?

Schweinichen.

Eine Spinne! Ich kann's nicht leiden, wenn mir solche Kreaturen über den Weg laufen.

Franz.

Wer war es denn?

Schweinichen (den Herzog parodirend).

Unsere liebe Gräfin.

Franz (lachend).

Hansnarr! — Du warst im großen Saal? Warum hat der Ball noch nicht begonnen?

Schweinichen.

Man wartet auf das Erscheinen des Herzogs. Er läßt sich noch die allerhöchsten Locken kräuseln.

Franz.

Sahst Du meine Base Klaudia?

Schweinichen.

Der liebe, kleine Narr! Den ganzen Tag saß sie bei der Schwester, die Weinende zu trösten. Jetzt aber, im festlichen Putze, sieht sie aus, Kardinälchen, sie sieht aus — na, Du wirst Augen machen!

Franz.

Ich glaube gar, Du altes Ungeheuer bist in das Mädchen verliebt?

Schweinichen.

Warum nicht? Ich bin ein freier Mann; wenn sie mich will, ich heirathe sie vom Flecke weg. Das können gewisse andere Leute nicht, die da Mitarbeiter sind im Weinberge des Herrn.

Franz

Meinst Du, Du schlesischer Ketzer? Was hindert mich denn, meinen Kardinalshut fortzuwerfen und die Pickelhaube aufzusetzen?

Schweinichen.

Pst — ruhig, mein Sohn! Wie oft soll ich's Dir wieder=holen? Laß' solche Dinge vor der Zeit nicht hören. Glaubst Du, der Papst werde Dir zu Willen sein, wenn er weiß, daß Du so gotteslästerliche Absichten hegst?

Franz.

Pah — seine Antwort muß längst unterwegs sein.

Schweinichen.

Wenn auch! Vorsicht kann niemals schaden. Kommt der entscheidende Augenblick, dann die Kutte aus und den Küraß an. Hei, wie wollen wir sie peitschen, die französischen Barbiergesellen!

Franz.

Sprich nicht so wegwerfend von Deinen Feinden, Hans. Ich sage Dir, es sind Männer darunter, denen Kopf und Herz am ge=hörigen Orte sitzt. Im Lager des Königs war ich Zeuge, wie der junge Graf von Turenne mit dem Marquis von Feuquières auf Hieb und Stoß zusammengerieth, und ich kann Dich versichern, es war ein herzerfrischendes Schauspiel, als die Beiden sich gegen=überstanden mit blitzenden Augen, das Antlitz glühend von tapferer Erregung.

Schweinichen.

Gauklerkunststücke — weiter nichts! Mit einem Hiebe durch=haue ich alle ihre Finten.

Franz (eifrig).

Glaubst Du? Nun, einen Stoß, den ich dort kennen lernte, will ich Dir zeigen; Du wirst mir dann zugeben, mein weiser Hans, daß nicht Alles mit klobigem Dreinschlagen abgemacht werden kann. — Leih' mir Deinen Degen.

Schweinichen.

Meinen Degen?

Franz.

Freilich! Ich brauche ihn, Dir die Sache zu erklären.

Schweinichen (Franz seinen eleganten Paradedegen reichend).

Wenn Du das einen Degen nennst — hier ist er. Nun erkläre, mein Sohn, Dein Vater hört.

Franz.

Schade, daß wir nicht einen zweiten zur Stelle haben. Aber was thut's? Nimm Du die Scheide.

Schweinichen.

Was fange ich mit der ledernen Scheide an?

Franz.

Frage nicht lange — lege Dich aus!

Schweinichen (die Scheide aus dem Bandelier ziehend).

Wenn's Dir besonderes Vergnügen macht —

Franz (sich auslegend).

Lege Dich aus — so — nun gieb wohl Acht.

Schweinichen (die Scheide senkend).

Halt, mein Sohn, einen Augenblick — Du bist jung und hitzig. Bedenke, daß Du keinen ehrlichen deutschen Eisenhauer, sondern so ein kitzliches französisches Mordeding in Händen hast. Es wäre mir nicht lieb, in der Blüthe meiner Jahre durch solch' erbärmlichen Krötenstecher dahingerafft zu werden.

Franz.

Ei, Reden und kein Ende! An's Werk!

Schweinichen.

Nun, meinetwegen.

(Indem sie sich auslegen, hört man Klaudia laut und fröhlich lachen.)

Dritter Auftritt.

Franz. Schweinichen. Klaudia.

Klaudia (die schon früher von links eingetreten war)

Vetter Kardinal, was muß ich sehen? Ein frommer Diener der Kirche mit den Werkzeugen des Mordes in der Hand?

Schweinichen (der bei Klaudia's Lachen sogleich die Degenscheide senkte).

Ja, das sind so Grillen von unserer Eminenz. Uebrigens verstehen sich die geistlichen Herren meistens auf die Handhabung des Bratspießes; und das Ding da ist gerade gut genug, Spanferkel daran zu rösten.

Franz (den Degen an Schweinichen zurückgebend).

Gott grüß' Dich, Klaudia.

Schweinichen.

Schau' sie an, Kardinal. Was habe ich Dir gesagt? Sieht sie nicht schön, sieht sie nicht prächtig aus?

Klaudia.

Gefalle ich Dir nicht, Vetter?

Franz.

O, es wird hell, wo Du erscheinst! Wo Du wandelst und athmest, da ist Wärme, Licht und Leben, da ist das Glück.

Schweinichen (für sich).

Ich scheine hier überflüssig zu sein.

(Schweinichen entfernt sich, von Beiden unbemerkt, geräuschlos durch die Seitenthüre rechts.)

———

Vierter Auftritt.

Franz. Klaudia.

Franz (in Klaudia's Anblick versunken, fortfahrend).

Wenn ich Dich so ansehe, die herangeblühte Jungfrau mit den großen Kinderaugen, dann steigt die alte Zeit mit ihrem ganzen Märchenzauber wieder vor mir auf. Gedenkst Du noch, Klaudia, der Frühlingstage unserer Jugend? Wie wir neben einander aufwuchsen, zwei wilde Füllen, die sich im Vollgefühl ihrer Kraft und Freiheit nicht zu lassen wissen?

Klaudia.

Ob ich dessen gedenke! — Und Du, Vetter, weißt Du noch,
wie wir dann oft nach dem Jauchzen und Toben des Tages in
der Dämmerung beisammen saßen, Hand in Hand, in tiefem
Schweigen, nur dem leisen Fluthen unsres Innern lauschend?
Wir sprachen kein Wort, wir schauten uns nicht an, und dennoch
fühlten sich unsere Seelen froh und leicht, denn wir wußten: wir
hatten uns lieb.

Franz.

Wir hatten uns lieb! O Klaudia, reiche mir auch heute
Deine gute Hand, damit Frieden und Ruhe wiedereinkehre in meine
Seele.

Klaudia.

Nein, laß' sie mir: die böse Falte wegzustreichen, die sich da
in Deine heit're Stirne eingegraben hat.

Franz.

Die Runzel ist alt. Sie stammt von dem Tage, da mein
rauher Vater gewaltsam in mein junges Leben griff; da er die
Blüthen meines Geistes und Herzens knickte und mich geknebelt
unter das Joch der Kirche warf.

Klaudia.

Und darf ein Mann, wie Du, der das Gute will und das
Rechte kann, sich nicht aufbäumen gegen ein solches Joch und es
weit, weit von sich schleudern?

Franz.

Klaudia?!

Klaudia.

Darf er verzagen in schwächlichem Kleinmuth? Soll er die
würdelose Fessel nicht brechen, und müßte er zum Aeußersten greifen?

Franz (glühend).

Ja, bei Gott, das soll er! Und er thut's mit eiserner Faust!
Vernimm denn, Klaudia, was ich bisher nur dem Freunde ver-
traute — (sich nach Schweinichen umsehend). Aber wo ist er? Er ist verschwunden.

Klaudia (mit frohem Schreck).

Wir sind allein, Vetter.

Franz.

Wir sind allein! Zum ersten Male allein nach langen, langen
Jahren. Wohlan, so falle der beengende Zwang und frei und
uferlos ströme hervor das innerste Gefühl. Klaudia, nicht der
Priester, nicht der Fürst der Kirche redet jetzt mit Dir; ein schlichter
Mensch, ein namenloser Edelmann tritt vor Dich hin und fragt:
Klaudia, Liebling meiner Seele, willst Du mein Weib sein?

Klaudia.

Vetter —?!

Franz.

Willst Du mein Weib sein? Nicht Glanz und Prunk ver=
mag ich Dir zu bieten, aber ein starkes und sturmfestes Herz, das
Dich hegen und hüten will in Lieb' und Treue Dein Lebelang,
bis über's Grab.

Klaudia (seine Hand ergreifend).

Mein Lebelang, bis über's Grab will ich wohnen und hausen
in diesem starken Herzen und Gott dafür preisen, daß er mich zu
Deinem Weibe erkor!

Franz (Klaudia in die Arme schließend).

Mein Glück, mein Kleinod, Du, mein höchstes Gut!

Fünfter Auftritt.

Franz. Klaudia. Schweinichen.

Schweinichen (der schon etwas früher von rechts zurückkehrte, sich räuspernd).

Hm! Hm!

Franz.

Ah, da ist er ja! Hans, mein Lehrer, mein Freund, komm'
her und merke auf: vor Gott und Dir erkläre ich diese Jungfrau
für meine angelobte Braut!

Schweinichen (mit scheinbarer Mißbilligung).

Kardinal, Kardinal! Ich habe es ja immer gesagt: Du
hast gar keine Anlage zu einem heiligen Antonius!

Franz.

Glaube ihm nicht, Klaudia. Sieh', wie der Schelm ihm um
die alten Lippen zuckt.

Klaudia.

Gewiß, der alte, gute Hans kann uns nicht böse sein.

Schweinichen.

Nein, meiner Seel', er kann's auch nicht! Leutchen, das habt Ihr gescheidt gemacht. Ich billige Deine Wahl, mein Sohn: das Mädchen ist eine ächte Soldatenbraut.

Klaudia.

Eine Soldatenbraut?

Schweinichen.

Das nimmt Euch Wunder? Ich sage Euch, Prinzessin, wenn unser Herr und Heiland heute erschiene und zu ihm spräche: „Francisce, weide meine Lämmer!" — unser Kardinal würde in bedenkliche Verlegenheit gerathen. Wenn aber der Herrgott vor ihn träte und sagte: „Franz, mein Junge, versuche einmal, ob Du meine Bärenhäuter von Erzengeln nicht zu tüchtigen Kürassieren machen kannst," — er brächte es Euch zu Stande, daß selbst der selige Pappenheim seine Freude daran hätte.

Klaudia.

Wollt Ihr wohl schweigen, grauer Lästerer! Bangt Euch denn gar nicht um Euer Seelenheil?

Schweinichen.

Nicht im Geringsten.

Franz.

Laß' ihn gewähren, Klaudia. Als Ketzer ist er im Voraus schon verworfen und verdammt. Ja, schau' ihn recht an, er ist ein arger Schächer. Er trinkt, spielt, flucht und rauft; und doch beherbergt dieses weingeröthete Haupt ein helles Hirn, dieser Arm von Stahl reicht Dir die wärmste und treueste Hand, und da drinnen in dem sündhaften Leibe pocht ein Herz, so fröhlich, so golden, wie es der Schöpfer nur jemals in eine Menschenbrust gepflanzt.

Klaudia (Schweinichen's rechte Hand ergreifend und sich an ihn schmiegend).

O, ich weiß das! Aber was sehe ich? Hans, alter, lieber Hans, da perlt ja die Thräne, die wir gestern nicht entdecken konnten. Nehmt das Spinngewebe, Hans, Euer Taschentuch, sie aufzutrocknen.

Schweinichen.

Nein, um Gotteswillen, kein Taschentuch! Ich könnte wieder einen Brief bei mir haben. Den Luxus eines Taschentuches habe ich abgeschworen für diese und für jene Welt.

Franz (der Schweinichen's Linke ergriffen).

Ja, laß' sie rinnen, diese Thräne. In dem alten, grauen Schnauzbart findet sie ihr frühes Grab. Da ruht sie mit viel tausend Tropfen edelsten Weines.

Schweinichen (Beider Hände haltend).

Kardinal — Prinzessin — Kinder, ich bin unendlich glücklich!

(Rauschende Fanfaren ertönen aus dem Ballsaale).

Klaudia.

Was bedeutet das?

Schweinichen.

Der Herzog ist eingetreten. Ihr müßt jetzt scheiden; und, wenn Ihr mich lieb habt: Vorsicht!

Franz.

Sei unbesorgt, wir werden uns nicht verrathen. Aber bald, so Gott will, darf die Maske fallen.

Klaudia.

Und dann?

Schweinichen.

Offene Karten!

Franz.

Und offenes Spiel!

(Indem sich Klaudia nach links, Franz nach rechts zum Abgang wenden und Schweinichen sich in den Vordergrund links zum Kredenztisch begiebt, ertönen die Fanfaren von Neuem, die schließenden Vorhänge des Hintergrundes gehen auseinander und der Blick in den hell-erleuchteten Ballsaal wird eröffnet, in dessen Hintergrund sich Alles unter tiefen Verbeugungen dem Herzog entgegendrängt.)

Sechster Auftritt.

Herzog Karl. Gräfin von Cantecroix. Marquis von Guron. Schweinichen. Kavaliere. Offiziere. Hofdamen. Pagen und Diener.

Karl (die Gräfin am Arm führend).

Ich heiße meine werthen Gäste herzlich willkommen und freue mich, so viele liebe und frohe Gesichter zu begrüßen. (Die Gräfin zu einem Stuhle im Vordergrunde rechts geleitend.) Dem Beginn des Tanzes, schöne Gräfin, wollen wir hier entgegensehen.

(Karl und die Gräfin setzen sich. Guron steht hinter dem Stuhle der Letzteren. Schweinichen lehnt an dem Kredenztisch, während die übrige Gesellschaft in Gruppen plaudert oder sich im Ballsaal auf- und abbewegt. Diener reichen Wein und Erfrischungen herum.)

Karl (zur Gräfin).

Ich hoffe, ich habe nicht zu lange auf mich warten lassen.

Gräfin.

Die Ungeduld, dem edlen Fürsten unsre Verehrung an den Tag zu legen, wurde freilich auf eine harte Probe gestellt; jetzt aber fühlen wir uns reich entschädigt, da der erwärmende Glanz Ihrer Gnade uns umleuchtet.

Karl.

O, ich weiß: Sie waren von je die Nachsicht selbst, und Ihr unwürdiger Sclave wird sich bemühen, die Huld seiner reizenden Gebieterin auch ferner zu verdienen.

Schweinichen (am Kredenztisch lehnend, für sich).

Er drechselt wieder Komplimente: ich sehe es an seiner sauer-süßen Miene. Es wird ihm schwer, dem guten Karl.

Karl (zur Gräfin).

Auch bin ich nicht ganz so schuldig, als Sie glauben. Wichtige Neuigkeiten hielten mich zurück.

Gräfin (schnell).

Neuigkeiten? Ueber Feria?

Karl.

Nein. Wie kommen Sie auf den Herzog von Feria?

Guron (die Gräfin corrigirend).

Weil es vor Kurzem hieß, derselbe stehe in Tyrol, rathlos, ob er weiter vorrücken oder wieder Fühlung mit dem Heer des Kardinalinfanten suchen solle.

Karl.

Leider wissen wir nichts Näheres von ihm. Aber drüben, an der Donau, stehen große Dinge bevor. Der Kaiser ernannte seinen Sohn zum Generalissimus und der Ferdinand ist ein Bursch, der Haare auf den Zähnen hat.

Siebenter Auftritt.

Karl. Gräfin. Guron. Schweinichen. Gäste. Klaudia.

Klaudia (von links eintretend und Karl begrüßend).

Mein gnädiger Schwager —

Karl (sich erhebend).

Ei, sieh' da, mein Püppchen! Ich habe Dich recht vermißt. Schau', schau', wie frisch, wie rosig! Das Herz geht Einem ja auf bei Deinem Anblick.

Klaudia.

Das hat mir unser Oberst auch schon gesagt.

Karl.

Wirklich? Hat er das? Der alte Knabe zeigt hin und wieder Spuren von Geschmack und selbstständigen Gedanken. — Das sage ich Dir, Klaudia, wer Dich einmal zum Weibe begehrt, der muß auch mir gefallen; sonst weise ich ihm die Thüre, und säße er auf dem höchsten Throne Europa's.

Klaudia.

Sei sicher, Schwager, der Mann meiner Wahl wird Dir schon gefallen.

Karl.

Der Tausend! Hättest Du bereits gewählt?

Klaudia.

Vielleicht.

Karl.

Kenne ich ihn?

Klaudia.

Wie Dich selbst.

Karl.

Was ist er? Ein Fürst, ein Staatsmann?

5

Klaudia.

Ein armer Soldat.

Karl (auf Schweinichen deutend).

Klaudia, ich will nicht hoffen, daß Du den da drüben heirathen willst, den trotzigen Dickkopf, der mich heute noch mit keinem Auge angesehen hat.

Klaudia.

Wer weiß?

Karl.

Du Schalk! — Aber ich vergaß, mein Kind — ich muß Dich doch mit unsern französischen Gästen bekannt machen. Holen wir das Versäumte schleunigst nach.

(Karl stellt die Gräfin der Prinzessin vor, Guron mischt sich in die Unterhaltung, die von da an leise fortgeführt wird.)

––––––––––

Achter Auftritt.

Karl. Klaudia. Gräfin. Guron. Schweinichen. Gäste. Kardinal Franz.

Franz (der schon früher von rechts eintrat, hat sich allmälig Schweinichen genähert, leise).

Hans!

Schweinichen (umblickend, gleichfalls leise).

Kardinal?

Franz.

Es steht Alles gut

Schweinichen.

Wo?

Franz.

In Rom.

Schweinichen.

Freut mich außerordentlich. Der Papst befindet sich doch wohl?

Franz.

Thor — der Dispens!

Schweinichen (begreifend).

Ach so!

Franz.

Genug!

(Während Franz sich nach dem Hintergrunde wendet und sich unter den Gästen verliert, fündigen Trompeten und Pauken den Beginn des Tanzes an.)

Karl.

Ah, das Zeichen zum Tanz! (Zur Gräfin.) Ich sehe es diesen schönen Augen an, daß meine Freundin nur ungern dem Genuß entsagen würde, auf den Wellen der Musik dahinzuschweben. Ich entbinde sie ihrer Pflichten gegen mich und bitte um Entschuldigung, wenn ich selbst noch einige Minuten hier verweile: ein bringendes Geschäft mit meinem Obersten hält mich zurück.

Schweinichen (für sich).

Da bin ich doch neugierig, was er von mir will.

Karl.

Marquis von Guron, reichen Sie der Prinzessin, (zu einem der Kavaliere gewandt) Sie, Herr von Mony, der Frau Gräfin von Cantecroix den Arm.

Gräfin.

Wir dürfen uns beurlauben?

Karl.

Aber nur für kurze Zeit. Auf baldiges Wiedersehen.

(Klaudia, Gräfin, Guron und sämmtliche Gäste in den Ballsaal ab, wo man noch sieht, wie sich die Paare zum Tanze stellen.)

Karl (zu den Pagen).

Schließt die Thüren und setzt Wein her.

(Die Vorhänge des Saales werden geschlossen, so daß man nur gedämpft die beginnende Tanzmusik vernimmt. Nachdem die Pagen einen Weinkrug und mehrere Humpen auf den Tisch gesetzt haben, gehen sie durch die Mitte ab.)

Neunter Auftritt.

Karl. Schweinichen.

Karl (am Tische rechts sitzend und Wein einschenkend).

Oberst!

Schweinichen (der ununterbrochen am Kredenztisch lehnte und trank).

Hm?

Karl.

Komm' hierher.

Schweinichen.

Zu Befehl.

(Schweinichen tritt an den Tisch.)

Karl.

Setze Dich.

Schweinichen (sich setzend).

Zu Befehl.

(Lange Pause.)

Karl.

Oberst!

Schweinichen.

Hm?

Karl.

Du bist mir böse?

Schweinichen.

Na —

Karl.

Du bist mir böse, ich weiß es und gestehe, daß ich gestern ein wenig grob gegen Dich war.

Schweinichen.

Nur ein wenig? Ich dächte, es war gerade genug.

Karl.

Nun, laß' es gut sein. Gieb mir die Hand, alter Brumm=bär; Du warst ja Zeuge, daß auch mir nicht glimpflich mitgespielt wurde. (Schweinichen einen Humpen zuschiebend). Da, trink' und ersäufe Deinen Grimm. — Hast Du's gehört, Hans? Der König von Ungarn, der tapfere Ferdinand, ist Generalissimus geworden.

Schweinichen.

Es war auch Zeit. Der Gallas und Piccolomini lagen sich beständig in den Haaren, seit sie den Wallenstein wie einen Hammel abgestochen hatten.

Karl.

Jetzt wird's da drüben wieder hübsch.

Schweinichen.

Während wir auf der Bärenhaut liegen und Maulaffen feil halten.

Karl (mit einem tiefen Seufzer).

Ach, Hans, es war doch eine schöne Zeit, als wir noch kaiser-liche Obersten waren unter dem kleinen Tilly! Von Sieg stürmten wir zu Sieg. Und als der Löwe von Mitternacht aus der Ostsee stieg, der fromme König —

Schweinichen.

Der war ein großer Feldhauptmann.

Karl.

Das will ich meinen! Da kam Bewegung und neues Leben in den Krieg, da rollte das Blut noch einmal so schnell. Hei! wie wir aufeinander platzten, Schweden und Kaiserliche; und wie sie liefen, diese blonden Skandinavier —

Schweinichen.

Ja wohl, und wir immer vornweg!

Karl.

Nun freilich, manchmal holten auch wir uns Schläge.

Schweinichen.

Manchmal? Mich däucht: immer.

Karl.

Du, ungläubige Seele, warst den Schweden von je im Stillen zugethan.

Schweinichen.

Wer leugnet das? Und hätten sie mit den Franzosen nicht gemeinschaftliche Sache gemacht, wer weiß, wo ich jetzt wäre? So aber blieb ich gut kaiserlich, denn die Wälschen hasse ich noch mehr wie die Papisten.

Karl (lachend.)

Du bist ein Grobian! Aber lieb ist es mir doch, daß Du bei uns geblieben bist.

Schweinichen.

Gott sei's geklagt: in diesem Sodom und Gomorra.

Karl.

Nun, beruhige Dich, Alter. Ich hoffe, daß es auch bei uns eine Wendung zum Bessern nehmen soll. Wenn ich erst meines Hauskreuzes ledig bin, wenn die Gräfin — schneide keine Grimassen, Hans; ich weiß, Du kannst sie nicht leiden —

Schweinichen.

Nicht für einen Kreuzer.

Karl.

Und doch hilft Euch all' Euer Reden nichts. Geschieden werde ich, das steht fest! Wer sich der Fürsprache König Ludwigs erfreut, der ist gewiß, zum Ziele zu gelangen.

Schweinichen.

Ganz gewiß.

Karl.

Und dann Richelieu! Der allgewaltige Karbinal und Minister! Wird dem der heilige Vater etwas abschlagen?

Schweinichen.

Beileibe nicht.

Karl (vertraulich).

Und schließlich, Hans, habe ich noch einen mächtigen Bundesgenossen in Rom. Weißt Du auch, wer das ist? — Mein Bruder Franz!

Schweinichen (in Weinlaune).

Sapperment! Der ist ja aber hier?

Karl.

Das thut nichts. Er hat einen großen Anhang im Vatikan.

Schweinichen.

Ei!

Karl.

Der Papst selbst hält ihn hoch.

Schweinichen.

Sehr hoch, wie ich höre.

Karl.

Im Stillen wünscht er ihn sogar zum Nachfolger auf Petri Stuhl.

Schweinichen (immer heiterer).

Der Junge macht Karrière.

Karl.

Ja, ja, mein guter Hans, dieser unser Karbinal verwandte sich gleichfalls zu meinen Gunsten. Und wenn auch alle Stränge rissen, wenn Ludwig und Richelieu nichts vermöchten, der setzt es durch!

Schweinichen (herausplatzend).

Der denkt nicht dran! (erschrocken für sich.) Verflucht!

Karl.

Was sagst Du?

Schweinichen.

Ich?

Karl.

Ja — Du?

Schweinichen.

Was denn?

Karl.

Was Du eben sagtest, frage ich.

Schweinichen.

Wie so?

Karl.

Zum Satan, Mensch, mache mich nicht wild! Du sagtest, mein Bruder dächte nicht daran.

Schweinichen.

Natürlich.

Karl.

Woran denkt er nicht? Heraus mit der Sprache! Woran denkt er nicht?

Schweinichen.

Nun — — — Papst zu werden.

Karl.

Dir ist der Wein zu Kopf gestiegen, alter Faselhans. (Da die Musik im Ballsaal plötzlich abbricht.) Aber was ist das? Ist der Tanz schon zu Ende? Man kommt hierher —

Schweinichen (sich wieder nach dem Kredenztisch hinüberziehend).

Das habe ich wieder gut gemacht. Der Teufel hole alle Geheimnisse.

———

Zehnter Auftritt.

Karl. Schweinichen. Franz. Klaudia. Guron. Gräfin. Gäste und Diener.

(Die Vorhänge gehen auseinander. Guron eilt hastig nach dem Vordergrunde, die Gräfin folgt ihm freudestrahlend, während die übrigen Gäste, unter ihnen Kardinal Franz und Klaudia, allmälig aus dem Ballsaal nachdrängen und den Hintergrund des Bankettsaales anfüllen.)

Guron (einen Brief in der Hand.)

Verzeihung, Hoheit, wenn ich es wage, ungerufen einzudringen. Was ich bringe, wird meine Dreistigkeit entschuldigen.

Karl.

Und das ist?

Guron.

Die ersehnte Antwort aus Rom!

Karl.

An Sie, Marquis?

Guron.

Nicht an mich, gnädigster Herr, nicht an Richelieu, nicht an König Ludwig, sondern direct an Eure Hoheit. Unser Kurier erhielt von Seiner Heiligkeit den gemessenen Befehl, dieses Schreiben umgehend und ausschließlich Ihnen einzuhändigen.

Karl.

Und das bedeutet, meinen Sie?

Guron.

Sieg, Hoheit, zweifellos glänzenden Sieg.

Karl (erfreut).

Dann geben Sie rasch.

(Guron übergiebt Karl den Brief, den derselbe in großer Aufregung öffnet.)

Schweinichen (wieder am Kredenztisch lehnend, für sich.)

Es wäre gut, wenn wir ein niederschlagendes Pulver zur Hand hätten.

Karl (der in den Brief blickt).

O, verwünscht!

Guron.

Was befiehlt mein Fürst?

Karl (auf den Brief deutend).

Lateinisch! — Ich muß zu meiner Beschämung gestehen, daß in dem wilden Kriegs- und Lagerleben meine Sprachkenntnisse wesentlich gelitten haben.

Schweinichen (für sich).

Unsinn! Er hat nie eine Silbe Latein verstanden.

Karl.

Aber da ist Rath zu schaffen. Bruder Kardinal, Du bist ja ein vollendeter Römer; nimm den Brief und verdeutsche mir die Worte des heiligen Vaters.

— 73 —

Franz (den Brief nehmend).

Befiehlt mein Bruder, laut zu lesen?

Karl.

Versteht sich, laut, sehr laut! Etwas Gutes kann gar nicht laut und vernehmlich genug verkündigt werden.

Franz (lesend).

„Dilectissime atque fidelissime fili!“

Karl (Franz unterbrechend, ungeduldig).

Laß' die einleitenden Komplimente, Kardinal. Ich weiß auch ohne den Papst, daß ich ein guter Soldat bin. Komm' zum Kern der Sache, zum Kern!

(Kurze Pause, während Franz den Brief überliest. Allgemeine Spannung.)

Franz (lesend.)

„ — — quapropter, quae petiisti, in omne tempus recusanda.“

Karl (in größter Aufregung).

Ei, Bruder, mache mich nicht ungeduldig! Deutsch — deutsch — deutsch!

Schweinichen (sich die Hände reibend).

Jetzt geht's los.

Franz (übersetzend).

„ — — deßwegen müssen wir Euer Gesuch ein für allemal zurückweisen!“

Karl (entsetzt, sehr laut).

Was?!

Gräfin.

O, mein Gott!

Guron.

Unmöglich!

Schweinichen.

Aha!

(Zugleich.)

Franz (weiterlesend, ruhig).

„Denn was Gott zusammenfügt, das soll der Mensch nicht scheiden.“

Karl (ausbrechend).

Himmelkreuz —

Klaudia (besänftigend).

Schwager —

Schweinichen (vergnügt fortfahrend).

— Millionenmohrensakrament!

Gräfin (leise zu Guron).

Wir sind verloren, Marquis.

Guron (ebenso).

Ich falle aus den Wolken.

Franz (scheinbar theilnamlos).

Wünscht mein Fürst noch die segnenden Schlußworte zu hören?

Karl (zornig auf- und abgehend).

Bleib' mir damit vom Leibe! Von meinem Hauskreuz sollte mich der Papst befreien; seinen Segen mag er für sich behalten. — Ist es erhört? Ist es glaublich? Meine Träume, meine liebsten Hoffnungen, Alles, Alles gescheitert an dem bockbeinigen Willen eines Greises? Ei, da schlage doch —

Klaudia (Karl's Hand fassend, wie oben).

Lieber Schwager —

Schweinichen (fortfahrend).

— ein blaues Donnerwetter drein!

Karl (sich zornig gegen Schweinichen wendend).

Oberst, was untersteht Ihr Euch?

Schweinichen (in militärischer Haltung).

Ich führe die Intentionen meines höchsten Kriegsherrn aus.

Guron (sich Karl nähernd).

Mein Fürst, ich bin betroffen, erschreckt, betäubt —

Karl (sich zu Guron wendend).

Ah, mein Herr Marquis, das war ein Meisterstück Eurer Staatskunst! Bei meiner armen Seele, ich bin Euch zu großem Dank verpflichtet. Die Dienstbeflissenheit Eures Kardinals theilte mir eine lustige Rolle zu: ich habe mich gründlich lächerlich gemacht!

Guron.

Gnädigster Herr, was soll ich sagen?

Karl.

Gar nichts! Denn Ihr könnt nichts sagen. Ich glaube gut und gern, daß auch Euch die Sache ungelegen kommt. Der Köder war so wohlfeil, mit dem Ihr mich zu fangen und auf Eure Seite hinüberzuziehen dachtet, um dann nach meinem Tode Lothringen mit Haut und Haaren zu verschlucken. Aber, meine Herren Franzosen, so weit sind wir noch nicht! Trotzt Euch der alte Mann in Rom, der nichts, als seinen Stecken hat, wohlan, so darf ich es auch, der einen Degen zu führen weiß und ein Roß zu tummeln. O, wartet nur, Ihr sollt meine Klinge noch spüren und ächzen unter den Hufen meines Pferdes.

Schweinichen (jubelnd).

Krieg! Krieg!

Franz (vortretend).

Krieg! — so rufe auch ich. Mein Herzog und Bruder, hier kniee ich. Und wie ich diesen Ring von meinem Finger streife, wie ich die Kette von meinem Halse löse, so thu' ich meine priester= lichen Würden ab, so breche ich die Fessel, die mich an die Kirche band, und grüße meinen Feldherrn als sein erster und treuester Soldat.

(Große Bewegung unter den Gästen. Die Offiziere und Edelleute drängen nach vorn, während die Gräfin und Guron sprachlos stehen.)

Karl.

Franz — Bruder — Kardinal! Du ein Soldat?

Schweinichen (die Hand auf des Kardinals Schulter legend).

Und was für einer! Alte, gute Schule, Hoheit, meine Schule! Gebt ihm ein Fähnlein, bald werdet Ihr sehen, daß er auch ein Regiment zu commandiren versteht. (Franz das Käppchen vom Kopfe nehmend.) Die Tonsur ist längst schon zugewachsen, und dies tapfere Haupt ist der Sturmhaube werth.

Karl (Franz emporziehend).

An meine Brust, mein Junge! Du machst mir eine un= bändige Freude.

Klaudia.

Halt, Schwager! Umarmst Du Deinen Bruder, so mußt Du mich mit in den Kauf nehmen; denn das Weib gehört zum Gatten, untrennbar, unauflöslich für alle Zeit.

Karl.

Klaudia, mein Töchterchen, wie verstehe ich das? Du liebst den Franz?

Klaudia.

Aus voller Seele und von ganzem Gemüthe.

Karl.

Das ist brav! So ist's recht!. (Klaudia und Franz vereinigend.) Da habt Ihr Euch, Kinder, und meinen besten Segen dazu.

Guron (vortretend, hochfahrend).

Und glauben Ew. Hoheit, daß mein König und Herr eine solche Ehe dulden werde?

Karl.

Was frage ich nach Euerm König? Gleich morgen mit dem Frühesten soll die Hochzeit sein, dann mögt Ihr hingehen und auf's Neue Euer Heil in Rom versuchen.

Guron.

Herr Herzog, in aller Unterthänigkeit, aber mit dem ganzen Nachdruck meines Amtes lege ich Protest dagegen ein, daß die Majestät König Ludwig's und des französischen Volkes in meiner Person beleidigt werde. Es ist dies die Weise nicht, den an= gebahnten Frieden zu befestigen.

Karl.

Wer sagt Euch denn, Herr Abgesandter, daß ich überhaupt noch Frieden will? Versucht es nur, hofmeistert mich im eignen Hause; ich werde Euch zeigen, daß ich mich des fremden Ein= bringlings zu erwehren weiß; dann hinaus mit Euch, hinaus im Guten oder Bösen!

Schweinichen.

Hinaus unter allen Umständen!

Guron.

Genug, mein Fürst, genug! — Kommen Sie, Frau Gräfin, hier ist nicht länger unseres Bleibens. Noch diese Nacht müssen wir das undankbare Luneville im Rücken haben.

Karl (halblaut zu Franz).

Heiliger Gott, die Gräfin vergaß ich ganz und gar.

Franz (Karl's Hand fassend, rasch).

Vergiß sie, Bruder! Es ist das Beste für Dich und uns!

Guron (die Gräfin am Arm).

Wir gehen, Herr Herzog; doch wir kehren wieder, um blutige Genugthuung zu fordern.

Franz.

Ihr werdet uns zur Stelle finden!

Schweinichen (da sich Guron und die Gräfin zum Abgang wenden).

Für's Erste: Glück auf die Reise! (Zu den Musikanten, die sich bei der allgemeinen Bewegung unter die Gäste im Hintergrund gedrängt hatten.) Tusch, Ihr Maulaffen von Blechpfeifern! Tusch! Großen Tusch!

(Unter einem schmetternden Tusch fällt rasch der Borhang.)

————

Vierter Act.

Luneville.

Das Arbeitszimmer des Herzogs. Mittel- und Seitenthüren. Links im Vordergrunde ein großer Schreibtisch, rechts ein Fenster.

(Während der Vorhang aufgeht, hört man noch eine Zeit lang entferntes Glockengeläute.)

Erster Auftritt.

Herzog Karl. Oberst von Schweinichen. Bald darauf **Rittmeister
Scherenberg.**

(Schweinichen, in deutscher Reitertracht, steht wartend auf der Scene, während Herzog Karl
eilig durch die Mittelthüre eintritt.)

Karl (den Herzogsmantel um die Schultern).

Nun sage mir, Du protestantischer Höllensohn, was fällt Dir
ein, meine frommen Regungen zu stören und mich Hals über
Kopf aus der Kapelle herzusprengen? Ich konnte eben noch sehen,
wie das junge Paar die Ringe wechselte, dann mußte ich fort und
auf den letzten Theil der erhebenden Handlung verzichten. Was
giebt es denn?

Schweinichen.

Luft, Hoheit, Luft!

Karl.

Die hatte ich auch in der Kirche, und noch dazu recht schlechte.
Dieser Weihrauch versetzt mir völlig den Athem.

Schweinichen.

Tretet zu uns über, Hoheit, da braucht Ihr das bränzlige
Zeug nicht zu riechen.

Karl.

Still, Du alter Bilderstürmer! Nun sage, was Du hast?

Schweinichen.

Einen Sack voll guter Nachrichten! Der Feria rückt mit Macht heran. Dem von der Pfalz bläute er den Buckel windel-weich, und der dicke Schädel des Rheingrafen trug auch eine blutige Krone davon. Ensisheim ist in Freundeshand und Brei-sach entsetzt.

Karl (entzückt).

Hans, meine unterbrochene Andacht sei Dir verziehen.

Schweinichen.

Das will ich glauben. Aber jetzt, Hoheit, gilt es zu handeln. Unsere Truppen stehen seit der Waffenruhe im Lande verzettelt und verstreut: die guten Schmerbäuche von Luneville mußten ja geschont werden. Schnell die Regimenter gesammelt und auf einem Punkt vereinigt, denn übermorgen läuft der Waffenstillstand ab, und die Franzosen werden mit ihrem Besuche nicht lange warten lassen.

Karl.

Gieb Ordre, Hans: Luneville sei der Sammelplatz.

Schweinichen (Karl einige Papiere vorlegend).

Das ist bereits geschehen; es fehlt nur Eure Unterschrift.

Karl.

Du hast wirklich lichte Momente, Oberst. Gieb her!
(Die Papiere unterschreibend und an Schweinichen zurückgebend.)
So — eins — zwei — drei — vier. Nun fort damit!

Schweinichen (durch die Mittelthür rufend).

Rittmeister Scherenberg!
(Rittmeister Scherenberg erscheint in der offenen Thür.)
Sind Eure Leute bereit?

Scherenberg.

Zu Befehl, mein Oberst.

Schweinichen.

Dann nehmt und laßt die Pferde laufen, bis sie stürzen.
(Schweinichen übergiebt Scherenberg die Papiere.)

(Scherenberg ab.)

Karl.

Hans, reiche mir die Hand: Du warst ein guter Bote. Deine Kunde hat mich herzlich erquickt. Mir ist, als wäre von meinen Schläfen ein dumpfer Druck genommen; ich fühle mich, wie von schwerer Krankheit erstanden.

Schweinichen.

Ihr wart auch krank, Hoheit. Da oben im Giebel war's nicht ganz richtig. Hütet Euch nur vor einem Rückfall.

Karl.

Sei unbesorgt, mein Alter. Ist sich der Mensch seiner Narr= heit erst bewußt, dann steht es gut mit der wiederkehrenden Ge= nesung. Und doch, (auf das Herz deutend) hier sitzt noch etwas, das mich quält, das über meine Freude einen trüben Schatten wirft.

Schweinichen.

Der Gedanke an Eure Gemahlin?

Karl.

Der steht erst in zweiter Reihe.

Schweinichen.

Spukt die Gräfin etwa wieder?

Karl.

Glück zu, daß sie fort ist!

Schweinichen.

Aha, ich hab's: Nancy! Ist's nicht so?

Karl.

Getroffen, Hans! Sage mir, wie war es möglich, so zu handeln? Wie durfte ich die treueste Stadt, die stärkste Festung meines Landes aus leidigem Trotz und Eigensinn dem Feinde überliefern? Es ist nicht anders: ich war verrückt, rein verrückt!

Schweinichen.

Ja, ja, Hoheit, Ihr seid ein gottvergessener Regent!

Karl (eifrig).

Nicht wahr? Ich habe es ja immer gesagt; aber man wollte mir nicht glauben. Da hieß es, ein guter Soldat müsse auch einen tüchtigen Herrscher abgeben, und im Umsehen hätte ich die Krone auf dem Kopf und den Purpur um die Schultern — Schellenkönig, wie er leibt und lebt!

Schweinichen.

Na, dem wäre abzuhelfen.

Karl.

Abzuhelfen? Wodurch?

Schweinichen.

Gelt, Hoheit, aus meiner Haut kann ich nicht heraus: aber den Rock, welchen man mir anzwang, den kann ich doch wieder ausziehen?

Karl.

Du meinst?

Schweinichen.

Werft den herzoglichen Plunder weg! (Auf sein ledernes Koller deutend.) Seht mich einmal an: seit ich den alten Gottlieb wieder trage, ist mir zu Muthe, wie einem Fisch, der lange auf dem Trocknen lag, und der, dem feuchten Elemente zurückgegeben, nach Herzenslust die Flossen rührt. Macht's auch so, Herr, und tretet zurück in die Sphäre, für die Euch Natur und Neigung bestimmte.

Karl.

Mit einem Wort: ich soll abdanken?

Schweinichen.

Abdanken!

Karl.

Das ist wenigstens deutlich. — Und dann?

Schweinichen.

Dann zurück nach Oesterreich, in's kaiserliche Heer! Dort sind die guten Reiterführer eine gesuchte Waare.

Karl.

Aber wer, zum Henker, sollte hier meine Stelle einnehmen?

Schweinichen.

Wer? Unser Franz, Euer Bruder! Der ist ein feiner Kopf, der hat recht das Zeug zu einem Fürsten von Gottes Gnaden; und mit Feria's Hülfe wird er sich der Franzosen schon erwehren.

Karl.

Zurück in das kaiserliche Heer! — Hast Du mit dem Franz die Sache schon besprochen.

Schweinichen.

Hin und wieder ist wohl einmal die Rede darauf gekommen.

Karl.

Und was meinte er?

Schweinichen.

Gesagt hat er nicht viel; aber ich glaube, er würde verständigem Zureden nachgeben, denn unser Er-Kardinal ist nicht ohne Ehrgeiz.

Karl.

Oberst, Dein Vorschlag gefällt mir über die Maßen. Oft habe ich schon selbst daran gedacht; und wenn es nur von mir abhinge —

Schweinichen.

Von wem denn sonst?

Karl.

Meine Frau, wird die einwilligen?

Schweinichen.

Sie muß!

Karl.

Ja, das ist leicht gesagt. Wer aber will sie zwingen, Verzicht zu leisten auf die Krone, die sie als rechtmäßige Erbin trug, die ich aus ihrer Hand erst empfing?

Schweinichen.

Wenn Ihr gute Worte gebt.

Karl.

Wie kann ich das? Sie hat mich zu grimmig beleidigt, sie ist Schuld an all' den Schwabenstreichen, die ich in den letzten Tagen begangen habe. Nein, nein, ich darf nicht wie ein armer Sünder zu Kreuze kriechen.

Schweinichen.

Nun, vielleicht kommt Euch die Herzogin zuvor. Denkt darüber nach, Hoheit! Je rascher der Entschluß, um so besser für Euch selbst und für das Land. — Jetzt entlaßt mich; ich muß gehen, dem jungen Ehepaar noch vor der Tafel meinen Glückwunsch darzubringen.

Karl.

So geh'. Für's Erste bedarf ich Deiner nicht.

(Schweinichen durch die Mitte ab.)

Zweiter Auftritt.

Karl (allein, auf- und abgehend).

Abbanken! Es liegt ein eigenthümlicher Zauber in dem Wort. Abbanken und all' des Aergers, all' der Plackereien mit einem Federstriche los und ledig zu sein; und dann hinüber nach Oesterreich, mittenhinein in das Ganze und Volle des Krieges — o, diese Aussicht ist zu schön, zu verlockend, als daß sie sich jemals verwirklichen sollte. (Sich an den Schreibtisch setzend). Und doch, wenn meine bessere, jetzt tief empörte Hälfte wollte, es ginge Alles! Denn meine getreuen Unterthanen verlören nicht allzuviel an mir und würden — darauf möchte ich schwören — den Trennungsschmerz als ergebene Christen tragen. Und der Kaiser? Pah, der Kaiser dankt Gott für jeden brauchbaren Offizier und käme sicherlich meinem Wunsche auf halbem Wege entgegen. Das einzige Hinderniß bleibt mithin meine gute Nicoletta. Wie könnte man sie wohl versöhnen, ohne abermals dem Fluche der Lächerlichkeit anheimzufallen?

(Karl verfinkt in Nachdenken.)

Dritter Auftritt.

Karl. Klaudia.

Klaudia (im hochzeitlichen Schmuck von rechts eintretend und neben Karl's Stuhle niederknieend.)

Mein gütiger Schwager.

Karl (sich umwendend und Klaudia die Hand reichend).

Gott grüße Dich, kleine Frau. Was führt Dich her?

Klaudia.

Ich bitte um Deinen Segen.

Karl (sich zu ihr niederbeugend, innig).

Mein süßes Kind, das reichste Glück auf Dein geliebtes Haupt. — Du weinst?

Klaudia.

Ja, ich weine, daß ich an meinem Ehrentage wie eine Bettlerin von Thür' zu Thüre schleichen muß, um von den liebsten Menschen, die ich auf Gottes weiter Welt besitze, ein freundlich grüßendes Wort zu erflehen.

6*

Karl.

Klaudia —

Klaudia.

Getrennt, vielleicht für immer geschieden sehe ich zwei Herzen, die sich von Anbeginn in dem Einen wenigstens zusammenfanden, mir, der Frühverwaisten, überschwänglich Gutes zu thun. Ist das nicht der Thränen werth?

Karl (sich erhebend und Klaudia emporrichtend).

Genug, mein Kind, mache mich nicht weich. Frage nach den Andern nicht, sondern freue Dich Deines Glücks.

Klaudia.

Und darf ich das, wenn meine Schwester trauert?

Karl.

Kann ich dafür, daß sie trauert?

Klaudia.

Gewiß! Wer sonst, als Du? (Da Karl heftig auffahren will, ihm die Hand auf den Mund legend.) Still, Schwager; heute muß mir ein freies Wort gestattet sein. Verzeiht man doch den Kindern am Wiegen= feste manchen Uebermuth, kommt man doch ihren unausgesprochenen Wünschen gern zuvor. Und bin ich nicht Dein Kind? Noch eben gabst Du mir den holden Namen. Und ist heute nicht mein Wiegenfest? Thut sich nicht ein neues Leben, funkelnd und blüthen= prächtig vor mir auf? Darum sei lieb und gut, wie Du es immer warst, und gewähre mir einen Wunsch, einen rechten Herzenswunsch

Karl.

Ich weiß, was Du fordern willst; aber es geht nicht, es geht. beim besten Willen nicht. Ich kann unmöglich den e r s t e n Schritt zur Versöhnung thun.

Klaudia (schnell und fröhlich.)

Aber den zweiten — nicht wahr?

Karl.

Wie meinst Du das?

Klaudia.

Frage nicht, sage: ja! Sei wieder einmal der alte Vetter Karl, der geduldig seine starken Schultern bot und sich von der kleinen Klaudia tummeln ließ, bis ihm die hellen Schweißtropfen von dem fröhlichen Antlitz rannen. Auch heute fasse ich diese starken Schultern und will Dich tummeln und nicht eher loslassen, bis Du ja gesagt.

Karl.

Nun denn, was verlangst Du eigentlich von mir?

Klaudia.

Nicht übermäßig viel. Du sollst hier stehen bleiben.

Karl.

Doch nicht zu lange. Du weißt, das Stehen greift mich an.

Klaudia.

Du kannst Dich auch setzen. Dann wirst Du der Dame, (Auf die Seitenthür rechts deutend) welche durch jene Thüre eintritt —

Karl.

Was für eine Dame? Doch nicht meine Frau?

Klaudia.

Gleichviel — Du wirst der Dame ein freundliches Gesicht zeigen.

Karl.

Das dürfte seine Schwierigkeiten haben. Ist Dein Wunsch= zettel bald zu Ende?

Klaudia.

Sogleich.

Karl.

Gut. Und was beginne ich mit dieser geheimnißvollen Dame?

Klaudia.

Gar nichts. Du hörst nur huldreich und geduldig an, was sie Dir zu sagen hat.

Karl (erfreut).

Meine Frau will sich entschuldigen? Wohl gar um Ver= zeihung bitten?

Klaudia.

Vielleicht.

Karl.

Ah, das lasse ich mir gefallen. So ist denn endlich die beßre Einsicht bei ihr zum Durchbruch gekommen; so hat sich denn end= lich die Ewigmißtrauische von der Blüthenreinheit meiner Unschuld überzeugt! — Du lachst? Zweifelst Du vielleicht auch daran?

Klaudia.

Mit Deiner Erlaubniß: ja! Wann versteckte sich jemals die blüthenreine Unschuld unter einen Tisch?

Karl.

Entsetzlich! Ihr wißt —?

Klaudia.

Wir wissen Alles. Deine schöne Gräfin ließ uns diese Notiz als Abschiedsgruß zurück.

Karl.

O, Du verruchte Viper!

Klaudia.

Warum sie schelten? Eine kleine Demüthigung hatte mein tugendhafter Herr Schwager vollauf verdient; und wenn er sich jetzt noch störrisch zeigt, so gehe ich hin und erzähle stehenden Fußes meinem Gatten und unserm Obersten die erbauliche Geschichte.

Karl.

Bei Christi Wunden, Klaudia, Du wirst doch nicht?!

Klaudia.

Ohne Erbarmen, wenn Du nicht gehorchst. Willst Du?

Karl.

Recht gern, aber —

Klaudia.

Sie darf also kommen?

Karl.

Wer?

Klaudia.

Nicoletta.

Karl.

Ja doch, ja, Du kleiner Tyrann; aber nicht jetzt.

Klaudia.

Im Augenblick.

Karl.

Das ist unmöglich. Ich bin verwirrt, Du hast mich unruhig gemacht.

Klaudia.

Desto besser, so kann Deine Frau Dich wieder beruhigen — da hat sie gleich etwas zu thun.

Karl.

Aber —

Klaudia.

Kein Aber, Schwager; denke an den Tisch!

Karl.

Kannibalin!

Klaudia (fröhlich in die Hände klatschend).

O, Du bist doch ein goldener Schwager! (Die Thüre rechts öffnend.) Komm' nur, Schwesterchen, die Arme Deines Gatten stehen Dir offen.

Karl.

Halt, Klaudia! — Zu spät — da ist sie schon.

Vierter Auftritt.

Karl. Klaudia. Nicoletta.

(Nicoletta ist von rechts eingetreten und bleibt mit niedergeschlagenen Augen in der Nähe der Thüre, während Karl, halb abgewandt, im Vordergrunde links steht. — Längere Pause.)

Nicoletta (stockend).

Mein Herzog und Gemahl —

Karl (verlegen).

Meine Gemahlin und —

Klaudia.

— und Herzogin! Vortrefflich! Doch verzeiht, Ihr Lieben, wenn ich den strömenden Fluß Eurer Beredtsamkeit unterbreche und um einen gedrungeneren Gedankenaustausch bitte. Mein Gatte erwartet mich und unser Oberst schmachtet wehmüthig dem Mittagbrot entgegen. Darum rasch die Hände her (Nicoletta zu Karl führend und Beider Hände vereinigend) und frisch an das Werk der Versöhnung! Denn das sage ich Euch: Kehre ich zurück und finde hier die Sachen anders, als ich sie zu sehen wünsche, so bekommt Ihr Beide nichts zu essen.

(Klaudia durch die Mitte ab.)

Fünfter Auftritt.

Karl. Nicoletta.

Karl.

(Halb für sich.) Nichts zu essen? Das wäre allerdings fürchter-
lich, denn ich habe einen wahren Wolfshunger. (Laut.) Nun denn,
Nicoletta, machen wir es kurz: was hast Du mir zu sagen?

Nicoletta.

Zürnst Du mir noch?

Karl.

Ich? — o — das heißt —

Nicoletta.

Sei milde, mein Gemahl, und trage mir nicht länger meine
Thorheit nach. Sieh', es sind trübe Tage und böse Nächte über
meinem Haupt dahingegangen. Der schmerzvolle Gedanke, daß ich
Dich und Deine Liebe verscherzte, ließ mich forschen und suchen,
wie denn in Deinem Busen das Gefühl für mich so ganz und
plötzlich ersterben konnte.

Karl.

Laß' es gut sein, Nicoletta —

Nicoletta.

Nein, vergönne mir, zu vollenden. Die Einsamkeit war eine
strenge, aber gute Lehrmeisterin. Wie heftig sich auch mein Stolz
dagegen sträubte, immer und immer wieder raunte sie mir in das
Ohr: Du selbst trägst die erste, die größte Schuld.

Karl.

Aha!

Nicoletta.

An mangelndem Vertrauen erkrankt jedwede Liebe; grundloser
Verdacht ist ein gährendes Gift, das die zarten Blüthen der Em-
pfindung verwelken und verdorren macht. Du hast die schlimmen
Gedanken nicht im Keime erstickt; du hast sie gehegt und genährt,
und so ward deines Gatten Gemüth dir entfremdet, so hast du
sein Herz in falsche Bahnen gedrängt, vielleicht für alle Zeit verloren. — Dies sprach zu mir die Einsamkeit, die weise Frau.

Karl.

Das ist ja eine charmante Frau! Und nun siehst Du Dein Unrecht ein?

Nicoletta.

Ja, mein Gemahl! Offen und rückhaltlos bekenne ich meine Schuld und biete Dir die Hand zur Versöhnung. Sei versichert, fortan sollst Du mit Deinem Weib zufrieden sein. Aber nun gestehe, daß auch Du gefehlt, daß Du mich bitter kränktest.

Karl.

Ich? Rein stehe ich da, wie ein frischgewaschenes Osterlamm.

Nicoletta.

Und jene französische Gräfin?

Karl.

Die soll Richelieu selber heirathen; ich mag sie nicht.

Nicoletta.

Und der Dispens des Papstes?

Karl (treuherzig).

Ja, siehst Du, Nicoletta, das kommt davon, wenn der Mensch nichts Rechtes zu thun hat! Wer, wie ich, kein Talent zum Herzogsein besitzt, wer wider Willen zu diesem vornehmen Müssiggang verurtheilt ist, der geräth gar leicht auf allerhand Dummheiten, deren er sich bei reiflicherem Nachdenken gründlich schämen muß.

Nicoletta.

Und doch, wie durften Dir erst Dritte sagen: Was Gott zusammenfügt —

Karl.

Hör' auf! Der liebe Gott hat mehr zu thun, als sich um jede einzelne Ehe zu bekümmern. Das ist eitel Menschenhochmuth. — Nicoletta, wiedergeborenes Weib, wir sind einmal so gut im Zuge, willst Du Dir und mir einen Gefallen erweisen?

Nicoletta.

Einen Gefallen? Herzlich gern.

Karl.

Dann packe Deine sieben Sachen zusammen und folge mir nach Wien.

Nicoletta.

Nach Wien? Für längere Zeit?

Karl.

Wenigstens für dieses irdische Leben.

Nicoletta.

Und unser Herzogthum?

Karl.

Das lassen wir meinem Bruder und der Klaudia. Mögen
Sie zusehen, wie sie den verfahrenen Karren wieder aus dem
Sumpfe ziehen.

Nicoletta.

Nimmermehr!

Karl.

Aber, so bedenke doch, Kind —

Nicoletta.

Was ist da zu bedenken? Mit Dir konnte ich meine Krone
theilen, sie einem Anderen abtreten —? Nie, niemals!

Karl.

Siehst Du? Siehst Du? Da ist schon wieder der alte Ton!
Wo blieben Deine Vorsätze?

Nicoletta (beschämt).

Vergieb! Ich vergaß mich einen Augenblick — es soll gewiß
nicht wiedergeschehen.

Karl.

So überlege es Dir in Ruhe. Der Franz hat tausendmal
mehr Grütze im Kopf, als Dein Mann; er wird ein guter Landes-
vater sein, während ich — mit einem Wort, ich kann nicht länger
hierbleiben: ich habe mich zu grausam lächerlich gemacht! Nicoletta,
meine einzige Nicola, Du hast mich ja lieb, nicht wahr?

Nicoletta.

Und Du fragst noch?

Karl.

Nun, so kannst Du auch nicht wünschen, daß mir hier die
Gassenbuben nachlaufen und mich auszischen; und, weiß Gott, im
Grunde habe ich nichts Besseres verdient. Da drüben aber, an der

Donau, auf den großen Feldern der Entscheidung, hole ich mir die verpfändete Ehre wieder; da will ich zeigen, daß ich noch etwas bin und etwas kann.

Nicoletta.

Das ist brav!

Karl.

Dort, das schwöre ich Dir auf Soldatenparole, wird mir kein Mensch ein schiefes Gesicht schneiden. Und kehre ich dann zurück nach Wien, dann sollst Du mich stolz in die Arme schließen und sagen: Mein alter Landsknecht, ich bin mit Dir zufrieden!

Nicoletta.

O, das bin ich schon jetzt!

Karl.

Also willst Du? Willst Du?

Nicoletta.

Muß ich denn nicht?

Karl.

Und thust Du es auch gern?

Nicoletta.

Von ganzer Seele gern.

Karl (die Arme ausbreitend).

Dann komm her, Alte, und gieb mir nach langer Zeit wieder einen herzhaften Kuß!

Nicoletta.

Tausend für einen, Du böser, lieber Mann!

(Innige Umarmung.)

Sechster Auftritt.

Karl. Nicoletta. Schweinichen.

Schweinichen (durch die Mitte eintretend).

Hoheit, das junge Fürstenpaar — (die Gruppe erblickend.) Heilige Dreifaltigkeit!

Karl.

Was giebt es denn, Oberst?

Schweinichen (stammelnd).

Hoheit — —

Karl.

Sieh' Dir den grauen Burschen an, Nicoletta; vor Ver=
wunderung hat er die Sprache verloren. Ich glaube gar, er ärgert
sich darüber, daß Du mich küßtest? Da hast Du noch einen Kuß,
vielleicht löst ihm das die Zunge.

Schweinichen (seinen Hut in die Luft werfend).

Vivat hoch! Victoria! Vivat hoch!

Karl.

Bist Du bei Sinnen, Oberst?

Schweinichen.

Zum dritten und letzten Male: vivat hoch!

(Schweinichen stürzt durch die Mitte ab.)

Karl.

Er ist, so wahr ich lebe, verrückt geworden.

Nicoletta.

Hoffentlich wird dieser Wahnsinn heilbar sein.

Siebenter Auftritt.

Karl. Nicoletta. Franz. Klaudia. Schweinichen.

Schweinichen (durch die Mitte eilig zurückkehrend).

Prinz Franz und Prinzessin Klaudia wünschen zu gratuliren.

Franz (in weltlicher Tracht, doch ohne Mantel, auf Karl zueilend und ihm die Hände
schüttelnd.)

Mein Bruder!

Klaudia (Nicoletta umarmend).

Liebe, gute Schwester!

Karl.

Gott zum Gruß, Ihr Freunde! Glück und Friede sind
wiedereingekehrt in das Haus meiner Väter, so seid Ihr denn zur
guten Stunde hergekommen. Die Nächsten meines Herzens sehe
ich versammelt, zum letzten Male bitte ich sie um ein aufmerksames
Ohr. —

Schweinichen.

Zum letzten Mal?

Karl.

Verwundere Dich nachher, Oberst; zuvörderst nestle mir den Mantel los.

Schweinichen (Karl's Herzogsmantel loslöfend, leise).

So hat sie eingewilligt?

Karl (leise).

Sie hat! (Er nimmt den Mantel und legt ihn Franz um die Schultern, laut.) Mein Bruder, wie ich diesen Mantel um Deine Schultern schlage, so entäußere ich mich der herzoglichen Würde und huldige Dir vor Gott und diesen Zeugen als meinem Fürsten und Herrn.

Franz (erstaunt zurücktretend).

Verstehe ich recht?

Schweinichen (zu Franz).

Greif' zu, Eminenz, ein solches Anerbieten kommt nicht alle Tage.

Franz.

Wo denkst Du hin?

Nicoletta.

Die Hochzeitsgabe Deiner Schwester wirst Du nicht ver= schmähen. Mein war die Krone von Lothringen, ich setzte sie auf meines Gatten Haupt; doch heute giebt mir der wilde Mann sie wieder: er mag sie nicht. So vergönne denn, daß ich das herren= lose Diadem auf Deine junge Stirne drücke.

Karl (halblaut zu Schweinichen).

Hans, was sagst Du zu meiner Frau?

Schweinichen (ebenfalls halblaut).

's ist ein Mordweib!

Franz.

Ich stehe überrascht, geblendet. Zu plötzlich, zu unerwartet tritt die glänzende Versuchung an mich heran; darum vergebt, mein Herzog —

Karl.

Ich bin nicht mehr Dein Herzog! Von dieser Stunde heiße ich wieder Prinz Karl von Lothringen, General der kaiserlichen Reiterei. Das ist auch ein hübscher Titel.

Franz.

Es ist unmöglich, das kann Euer Ernst nicht sein.

Karl.

Soll ich schwören?

Schweinichen.

Ich schwöre mit!

Klaudia (mit der Nicoletta leise gesprochen).

Nimm die dargebotene Krone an; sie wird Deine kleine Frau nicht übel kleiden.

Franz.

Und wenn ich es auch wollte, wie könnte ich ein solches Opfer je vergelten?

Karl.

Ein Opfer? Du thust mir ja den größten Gefallen von der Welt.

Schweinichen.

Nochmals: greif' zu!

Franz.

Nun denn, in Gottes Namen.

Schweinichen.

Victoria!

Karl.   (Zugleich.)

Endlich!

Franz.

Ein unbegränztes Feld tüchtiger Mannesarbeit breitet sich aus vor den entzückten Blicken, eine weite Bahn des Ruhmes und der Ehren. Wohlan! Von frischem Muthe fühle ich mir die Brust geweitet, alle Sehnen spannen sich an zu schaffensfreudigem Handeln, so gebe denn Gott der Herr seinen Segen dazu.

Karl.

Und nun zu Tische! Unsere Gäste möchten sonst ungeduldig werden. Morgen geht ein Kurier an die Hofburg ab, die Bestätigung des Kaisers wird Alles in Ordnung bringen; heute aber wollen wir lustig sein, heute, Oberst, wollen wir wieder einmal trinken nach alter, deutscher Weise: die eben geschlossene Staatsaction hat mich rechtschaffen durstig gemacht. (Nicoletta galant den Arm bietend.) Frau Generalin, darf ich bitten?

Nicoletta (Karl's Arm nehmend).

Mit tausend Freuden, Herr Generalmajor.

Karl.

Vorwärts!

(Indem sich Alle zum Abgang wenden, ertönt von außerhalb Lärmen, man hört Trompetensignale und einzelne Schüsse.)

Karl (erstaunt stehenbleibend).

Was ist das?

Achter Auftritt.

**Karl. Nicoletta. Franz. Klaudia. Schweinichen. Rittmeister
Scherenberg.**

Scherenberg (eilig durch die Mitte).

Verrath, mein Fürst, Verrath!

Karl.

Was giebt es, Rittmeister?

Scherenberg.

Wir sind überfallen!

Karl.

Ueberfallen?

Nicoletta.

O, mein Gott!

Scherenberg.

Ein Regiment der königlichen Musketiere drang in die arg-
lose Stadt, die kleine Schloßwache wurde überwältigt, der Feind
folgt mir auf den Fersen.

Schweinichen.

Da haben wir die Bescheerung!

Franz.

Das ist Treubruch! Die Waffenruhe ging noch nicht zu Ende.

Bouché's Stimme (außerhalb).

Halt! — Fertig!

Klaudia.

Da sind sie schon.

Neunter Auftritt.

Karl. Nicoletta. Franz. Klaudia. Schweinichen. Scherenberg.
Hauptmann Bouché.

(Durch die offenbleibende Thür im Hintergrunde sieht man eine Abtheilung französischer
Musketiere mit Karabinern bewaffnet.)

Bouché (durch die Mitte eintretend).

Im Namen des Königs von Frankreich!

Karl.

Im Namen des Königs der Hölle, was führt Euch her?

Bouché.

Wer ist hier der Herzog von Lothringen?

Karl.

Ich!

Franz.

Nein, ich!

Karl.

Aber — ja so, ich vergaß!

Franz.

Ich bin der Herzog und ich frage: was fallt Ihr uns an,
wie ein Rudel Wölfe die ahnungslose Heerde? Ist das Krieges=
brauch? Noch ward der Waffenstillstand nicht aufgekündigt.

Bouché.

Dies zu erklären, ist nicht meines Amtes, Hoheit. Ich voll=
ziehe nur die Befehle meines Königs.

Franz

Wohl, und worin bestehen diese Befehle?

Bouché.

Den Herzog von Lothringen als Gefangenen nach Nancy ab=
zuführen.

Klaudia.

Großer Gott, meinen Gemahl?

Nicoletta.

Meinen Mann?

Karl.

Ich stehe zu Eurer Verfügung.

Franz.

Ihr irrt, mein Bruder. Vom Herzog dünkt mich, nicht von einem Prinzen war die Rede.

Bouché.

So ist es, Hoheit.

Karl.

Aber dieser Herzog bin ja ich! Das heißt, ich war es; und doch, in gewissem Sinne bin ich es noch immer.

Franz.

Schweigt! Kein Wort mehr!

Karl.

Aber, Bruder, an dem ganzen Handel trage doch ich allein die Schuld. Es ist sonnenklar, daß nur mich der König meinen konnte. Thut mir den Gefallen, Hauptmann, und fragt die Frauen hier, die werden Euch sagen —

Franz (energisch).

Schweigt und gehorcht! Ich gebiete es bei meinem Zorn.

Nicoletta (leise zu Karl).

Laß' ihn gewähren. Er weiß am besten, was hier noththut.

Karl (brummend).

Nun meinethalben. Ich meinte es ja gut.

Franz (seinen Degen Bouché überreichend).

Herr Hauptmann, wie die Sachen liegen, wäre Widerstand ein rasendes Beginnen. Unter feierlichem Protest gegen diese neue Gewaltthat Frankreichs überliefere ich meinen Degen.

Bouché.

Er wurde keinen unwürdigen Händen anvertraut. — Ist der Oberst von Schweinichen zugegen?

Schweinichen (ganz im Vordergrunde rechts).

Hier steht er.

Bouché.

Auch Sie, Herr Oberst, sind mein Gefangener.

Schweinichen (seinen langen Raufdegen ziehend).

Wirklich? Aber erst müßt Ihr mich haben.

7

Franz.

Oberst!

Karl.

Hans, bedenke —

(Zugleich.)

Nicoletta.

Ihr werdet doch nicht —?

Schweinichen.

Bei Gott, ich werde! Drei von ihnen spieße ich wie die Ratten; dann mögen die übrigen mit mir machen, was sie wollen.

Bouché.

Ich ehre diese tapfere Regung, Herr Oberst; aber blicken Sie um sich! Die Treppen, Höfe und Korridore sind von meinen Leuten angefüllt: es wäre ein nutzloses Blutvergießen.

Franz.

Der Hauptmann hat Recht. Uebergieb Deinen Degen, Oberst.

Schweinichen.

Eher dem Beelzebub, als einem Franzosen!

Klaudia (auf Schweinichen zutretend).

Aber mir, nicht wahr, mir übergebt Ihr ihn?

Schweinichen.

Frau Herzogin —

Klaudia.

Oder wollt Ihr wirklich Euerm Fürsten in die Gefangenschaft nicht folgen? Muß er allein von dannen ziehen? Soll mich der Gedanke nicht trösten, daß meinem Liebling in seinem Leid der erprobte Freund zur Seite steht? Seht, schon senkt sich die Spitze Eures Degens, noch einen Augenblick, und er ist mein.

Schweinichen (bewegt).

Da habt Ihr ihn! Das ist mein Hochzeitsgeschenk, Hoheit.

Klaudia (Schweinichen die Hand drückend, innig).

Ich werde es Euch nie vergessen. (Bouché den Degen reichend). Herr Hauptmann, der Oberst ist Euer Gefangener.

Bouché.

Meinen Dank, hohe Frau.

(Schweinichen hat sich traurig nach dem Hintergrunde gewandt, Bouché tritt zu der Mittel-thür und spricht mit den außerhalb aufgestellten Musketieren.)

Karl (zu Franz halblaut).

Aber nun sage mir, Franz —

Franz (Karl's Hand fassend und ihn in den Vordergrund führend).

Still, kein Wort! Jetzt laß' mich ziehen, aber dann zu Roß, zu unsrer Rettung auf! Unser Schicksal ruht in Deiner Hand, und ich müßte meinen Bruder nicht kennen, wenn er seine Freunde in der Noth verließe.

Karl (glühend).

Und sollte ich Eure Fesseln mit meinen Zähnen zerreißen und mit der Stirn die Kerkerwände sprengen, ich hole Euch zurück, oder will verdammt sein für Zeit und Ewigkeit!

Franz.

So lebe wohl! (Zu Nicoletta und Klaudia, welche sich weinend an ihn schmiegen). Schwester — mein Weib, nein, weinet nicht. Möge über mich verhängt sein, was da wolle, dessen seid gewiß: meinem Land und meinem Namen werde ich Ehre machen bis zum letzten Athemzuge. Fahrt wohl! Und Gott mit Euch!

Klaudia.

Er leuchte Deinen Wegen!

(Indem sich Franz zum Abgang wendet, fällt der Vorhang.)

————

Fünfter Act.

Nancy.

Einfaches, etwas düsteres Zimmer in der Präfectur. Links im Vordergrunde ein vergittertes Fenster, davor ein Tritt mit einem Stuhl. Rechts ein Kamin, davor ein Tisch und Holzschemel. Im Hintergrunde eine stark mit Eisen beschlagene Flügelthür. Am Kamin lehnt ein Schüreisen, auf dem Sims stehen mehrere geleerte Flaschen und eine Wasserkanne.

Erster Auftritt.

Herzog Franz. Oberst von Schweinichen.

(Franz geht in Gedanken auf und ab, während Schweinichen mit aufgestützten Armen an dem Tische schläft.)

Franz (stehen bleibend und Schweinichen rüttelnd).

Hans!

Schweinichen (verschlafen).

He?

Franz.

Wache auf. Du hast lange genug geschlafen.

Schweinichen (sich die Augen reibend, mit einem tiefen Seufzer).

Ach!

Franz.

Das war ja ein herzzerbrechender Seufzer. Was hast Du?

Schweinichen.

Durst!

Franz.

So trinke. In jener Kanne ist krystallhelles Wasser.

Schweinichen.

Pfui! Wie darf ein gesätteter Mensch seinen Magen mit einem derartigen Getränk insultiren?

Franz.

Ich habe mich dieser Bosheit schuldig gemacht. Es schmeckte vortrefflich.

Schweinichen.

Wohl bekomm's! Mein in Gott ruhender Oheim, der große Hans von Schweinichen —

Franz.

Der Ritter vom Stegreif, der jeden Rausch gewissenhaft in seinem Tagebuch verzeichnete?

Schweinichen.

Derselbe! Der brachte keinen Tropfen Wassers über die Lippen und wurde grau in Ehren. Ich halte es gerade so.

Franz.

Dann wirst Du wohl weiter dursten müssen; (auf die Flaschen deutend) denn unsere heutige Weinration hast Du innerhalb einer Viertelstunde bis zur Neige vertilgt.

Schweinichen.

Es ist grauenhaft! — Und giebt es kein Mittel, eine neue Auflage zu erwirken?

Franz.

Schwerlich. Wollte man Deinen, durch die unfreiwillige Haft noch erhöhten Durst befriedigen, so müßte sich der französische Staat in wenigen Tagen bankerott erklären. In der Bastille erwartet uns noch schmalere Kost.

Schweinichen.

Würden diese geputzten Henkersknechte auch gegen klingende Münze unempfindlich sein?

Franz.

Gewiß nicht; wenn Dein Beutel nur die gehörige Rundung hat.

Schweinichen.

Mein Beutel? Ich besitze keinen Kreuzer. Unsere Abreise erfolgte zu plötzlich. Aber Du, Hoheit —

Franz.

Ich befinde mich in gleich beneidenswerther Lage. Wer steckt zu einer Trauung wohl Geld in die Tasche?

Schweinichen.

Man sollte nicht glauben, daß Du vorgestern erst die Kutte ausgezogen hast: Du lügst bereits wie ein Heide.

Franz.

Ich sprach die Wahrheit.

Schweinichen.

Flausen! Ich weiß, Du willst Deine Baarschaft für die kommenden Tage zusammenhalten und flunkerst mir jetzt von Deiner Armuth vor.

Franz.

Ich gebe Dir mein Wort —

Schweinichen.

Gieb mir lieber Dein Geld! Ich will nichts geschenkt; Du sollst es mir nur borgen gegen eine Anweisung auf meinen rückständigen Sold.

Franz.

Kehre meine Taschen um. Was Du findest, sei Dein.

Schweinichen.

Also wirklich nichts?

Franz.

Gar nichts.

Schweinichen.

Furchtbar!

(Pause.)

(Franz geht wieder auf und ab, Schweinichen trommelt mit den Fingern auf den Tisch und pfeift.)

Schweinichen.

Hoheit!

Franz (stehen bleibend).

Du wünschest?

Schweinichen.

Ich habe einen Gedanken.

Franz.

So halte ihn fest! Die Erleuchtung kommt Dir selten.

Schweinichen.

Scherze nicht in einer so ernsten Sache. — Du hast da einen hübschen Ring am Finger.

Franz.

Gefällt er Dir?

Schweinichen.

Außerordentlich! Wenn wir den versetzten?

Franz.

Wo denkst Du hin? Klaudia's Hochzeitsgeschenk?

Schweinichen.

Was thut das? Wir lösen ihn später wieder ein.

Franz.

Thorheit! Alles, was Du willst, aber das erste Angebinde meiner Frau bekommst Du nicht.

Schweinichen.

Du bist eigensinnig.

Franz.

Immerhin! Doch mein Entschluß steht fest.

Schweinichen.

Mein Sohn, wenn Du Deinem geknickten Vater kein Opfer bringst, so ärgere ich Dich.

Franz.

Womit?

Schweinichen.

Ich singe Dir etwas vor, und ich weiß, Du kannst meine Stimme nicht vertragen.

Franz.

Singe, mein Vögelchen! Der Wohllaut Deiner Kehle wird mich angenehm zerstreuen.

Schweinichen.

Aber was ich singen werde, wird Dich sehr ergrimmen, Du gefühlloser Papist.

Franz.

Und das wäre?

Schweinichen.

Mein Leib- und Magenlied: Die feste Burg vom Doctor Martin Luther.

Franz.

Ein schönes Lied! Fange nur an.

Schweinichen.

Ich soll also wirklich verdursten? Es ist Alles umsonst?

Franz.

Alles!

Schweinichen.

Du bist unbeugsam?

Franz.

Unbeugsam!

Schweinichen (sich in den Stuhl zurücklehnend).

O, ich bin sehr unglücklich!

(Man hört die Thür im Hintergrunde aufschließen.)

Franz.

Still! Wir bekommen Besuch.

Schweinichen (sich erhebend).

Das ist mir lieb. Da habe ich doch Jemanden, an dem ich meine Wuth auslassen kann.

Zweiter Auftritt.

Franz. Schweinichen. Marquis von Guron.

Guron (durch die Mitte eintretend und zurücksprechend).

Schlag fünf Uhr steht der Wagen im kleinen Hof. Eine Schwadron Musketiere hält sich zur Begleitung bereit. (Sich umwendend.) Mein Fürst — Himmel! Was ist das?

Franz.

Nun, Herr Marquis, warum so betroffen?

Guron.

Eminenz verzeihen —

Schweinichen (Guron corrigirend).

Hoheit verzeihen.

Guron.

Ich erwartete Ihren erlauchten Bruder, Herzog Karl, zu finden; und wen sehe ich?

Schweinichen.

Den nicht minder erlauchten Herzog Franz.

Guron.

Welch' ein Irrthum! Was hat Bouché da angestellt? Den Herzog sollte er gefangen nach Nancy führen, nicht Ew. Eminenz.

Schweinichen (wie oben).

Hoheit! Wie oft soll ich's wiederholen?

Franz.

Der Hauptmann handelte seinem Auftrage gemäß, denn in mir sehen Sie den neuen Herzog von Lothringen. Mein Bruder hat gestern förmlich und feierlich zu meinen Gunsten abgedankt.

Schweinichen.

Mißhandeln Sie doch Ihr Antlitz nicht mit diesen Falten siegender Ueberlegenheit, Marquis. Es wird nicht hübscher dadurch. Alles Zweifeln hilft Ihnen nichts: Kardinal Franz wurde mit einem Schlage Weltkind, Ehemann und Herzog — damit basta!

Guron.

Herr Oberst, für's Erste habe ich mit Ihnen nichts zu schaffen.

Schweinichen.

Wirklich? Aber ich mit Ihnen, Herr Marquis. Was ist das für eine Behandlung, die Ihr Euern Gefangenen angedeihen laßt? Schauderhaft!

Franz.

Still, Oberst.

Schweinichen.

Nein, ich muß mir Luft machen, sonst platze ich! Erst überfallt Ihr uns wie die Buschklepper, dann pfercht Ihr uns in ein dunkles Loch, wohin sich nie ein Sonnenstrahl verirrt, und zu guterletzt werden wir gemordet, indem man uns nöthigt, die Füße auf diesen verdammten Estrich zu setzen. Wissen Sie auch, meine Herren Franzosen, was kalte Füße zu bedeuten haben bei einem Menschen, der sich einer hervorragenden Anlage zum Zipperlein erfreut?

Franz (lachend).

Genug, Oberst, genug!

Schweinichen.

Ich bin gleich fertig, Hoheit. Wissen Sie auch, was es zu bedeuten hat, wenn man einer heißen Leber nicht die gehörige Flüssigkeit zuführen kann? Meine Aerzte haben mir darin eine ganz bestimmte Diät vorgeschrieben: mit Wasser ist es nicht abgethan. Müssen wir schon Euern dünnen Rothwein hinunterschlucken, so gebt ihn uns wenigstens in hinreichender Fülle.

An unserm täglichen Deputat trinkt sich noch keine Fliege satt, geschweige denn zwei mit redlichem Durst gesegnete Kriegsleute. Einen hülf-losen Gefangenen aber auszuhörren wie eine Backbirne, ist roh, ist barbarisch, ist gegen alles Völkerrecht!

Franz.

Bei diesen heftigen Reden wirst Du Dein Leiden nur erhöhen; darum vergönne mir, Dich zu unterbrechen und den Herrn Marquis zu fragen, was ihn hergeführt?

Schweinichen.

Schön, Hoheit; nimm Du die eingeleitete Unterhaltung auf; ich will indessen ein wenig frische Luft schöpfen.

(Schweinichen geht zum Fenster, öffnet dasselbe und setzt sich auf den danebenstehenden Stuhl.)

Franz (Guron zum Sitzen einladend).

Ist es gefällig, Marquis? — Was bringen Sie uns?

Guron.

Vor allen Dingen, gnädigster Herr, ersuche ich Sie um Auf-klärung, ob ich wirklich die Ehre habe, mit dem Herzog von Lothringen zu verhandeln?

Franz.

Mein fürstliches Wort darauf.

Guron.

Dann gestatten Ew. Hoheit —

Schweinichen (am Fenster).

So ist's recht, Marquis! Sie machen erfreuliche Fortschritte.

Franz.

Unterbrich uns nicht, Oberst. (Zu Guron.) Ich bitte — weiter.

Guron.

Dann gestatten Hoheit die Versicherung, daß mein Monarch von ganzem Herzen die Gewaltmaßregeln bedauert, zu denen er sich durch den Drang der Umstände gezwungen sah.

Franz.

Schon gut.

Schweinichen.

Diese Theilnahme ist wahrhaft erschütternd.

Guron.

Ich komme aus Remiremont, wo sich augenblicklich das könig=
liche Hauptquartier befindet, und war beauftragt, zu erforschen, ob
Herzog Karl die freundschaftlichen Beziehungen zu der Krone
Frankreichs wieder aufzunehmen gedenke. Da ich aber hier erfahre,
daß seit gestern die höchste Gewalt Lothringens in andere Hände
überging, so glaube ich, meine Vollmacht nicht zu überschreiten,
wenn ich mit Ihnen, dem jetzigen Herzog, die Unterhandlungen
eröffne; obschon ich — wer wollte es leugnen? — in dieser An=
gelegenheit lieber Ihrem erlauchten Vorgänger gegenüberstünde.

Franz (lächelnd).

Davon bin ich überzeugt. Mit mir habt Ihr weniger be=
quemes Spiel. Ich bin leiblich zäh', und gerade darum hielt ich
es für angemessen, an meines Bruders Statt Eurer gastfreund=
lichen Einladung zu folgen.

Schweinichen.

Kaum eine Stunde nach der Trauung. Scheußlich! Leute
von Gesinnung hätten mit der Gefangennahme wenigstens bis zum
anderen Morgen gewartet.

Franz.

Oberst! — Ich glaube, Herr Marquis, wir werden rasch zu
einem Resultate gelangen, wenn Sie mir kurz und bündig sagen,
unter welchen Bedingungen wir unsere Freiheit zurückkaufen
können.

Guron.

Unter denselben, Hoheit, die wir Herzog Karl stellen mußten,
als er um Verlängerung des Waffenstillstandes bat.

Franz (sich erhebend).

Dann leben Sie wohl, Marquis, und bereiten Sie uns
Quartier in der Bastille.

Guron.

Hoheit —

Franz.

Schande auf mein Haupt, wenn ich die kleinste unserer Fest=
ungen an Frankreich überliefere! Verdorre meine Zunge, wenn
sie den Eid der Huldigung zu sprechen wagt!

Schweinichen.

Brav, Hoheit, brav!

Guron.

Mein Fürst, das kann und darf Ihr letztes Wort nicht sein.

Franz (leicht).

Keineswegs! Wünschen Sie mit mir zu plaudern, ich stehe gern zu Diensten. Das Andere wäre ja abgethan.

Guron.

Nur das Eine noch! Hören Sie erst, was Frankreich Ihnen als Gegengabe bietet.

Franz.

Und wär' es eine Königskrone, ich mag sie nicht! Was hülfe es dem Menschen, wenn er die ganze Welt gewönne und litte Schaden an seiner Seele? Meine Seele will ich rein erhalten, rein von Treubruch und Verrath. Und Verrath ist das, was Ihr von mir verlangt, Felonie an Kaiser und Reich!

Guron.

So soll dieser entsetzliche Krieg, der das Mark Ihres Landes verzehrt, noch weiter rasen?

Franz.

Er rase weiter! Für uns ist es ein guter Krieg. Die drüben, über dem Rheine, wissen freilich nicht, wofür sie sich schlachten. Dank Euern und Eurer Sippschaft Künsten steht dort der Protestant gegen den Protestanten, der Katholik gegen den Katholiken, ein wüster Haufe ohne Zucht, ohne Begeisterung, ohne Vaterland. Und über den zuckenden Leichnam des deutschen Reiches fallen von Nord und Süd, von Ost und West die christlichen Nachbarn wie die Aasgeier her und schlagen ihre gierigen Fänge in die Weichen des edlen Wildes. — Wir aber, ein vorgeschobener Posten deutscher Nation, die Hüter dieses blühenden Gränzlandes, in tiefster Seele sind wir uns bewußt, was dieser Kampf uns gilt! Wir treten ein für die höchsten Güter, die ein armes Menschenkind sein eigen nennt, für Haus und Herd, für Unabhängigkeit und Ueberzeugung. Ob tausend, ob hunderttausend Herzen darüber verbluten, was thut es? Laßt sie verbluten: bleibt nur die Ehre gewahrt!

Schweinichen (der von seinem Fensterplatz herabgekommen war, begeistert).

Hört Ihr, Marquis? Noch giebt es Männer bei uns zu Lande!

Franz.

Und so geht hin zu Euerm gewaltigen Kardinal. Meldet ihm, das Haupt des kleinen deutschen Fürsten sei in seine Hand gegeben, er könne es zerdrücken mit einem einzigen Griff. Aber setzt hinzu, der kleine Fürst habe in dem ungeheuern Schiffbruch, in dem namenlosen Elend dieser Tage das Gefühl nicht verloren für sein Vaterland, stolz erhübe er den Nacken und spräche: Macht mit mir, was Ihr wollt! War es mir versagt, Großes, Unvergängliches zu leisten, ich that doch meine verdammte Pflicht und Schuldigkeit!

Schweinichen (küßt Franz in großer Bewegung die Hand).

Mein Fürst! Mein Herzog! Mein lieber, lieber Sohn!

Guron (hochmüthig).

Nach dem, was ich soeben hörte, muß ich meine Sendung als gescheitert betrachten. Leben Sie wohl, Hoheit! Andere werden an meine Stelle treten, Andere, denen Mittel zu Gebote stehen, diesen hochklingenden Stolz auf ein bescheideneres Maß herabzustimmen.

Schweinichen.

Hallunke von einem Franzosen! Noch einmal diesen Ton, und Frankreich besitzt einen schlechten Diplomaten weniger.

Guron.

Herr Oberst, Sie wagen es —

Schweinichen.

Untersteht Euch, noch einmal zu drohen, und ich drehe Euch das steife Genick um und um, daß Ihr ohne Beschwerden Eure Schattenseite beschauen könnt.

Guron.

Sie spielen ein gewagtes Spiel, Herr Oberst. Reizen Sie uns nicht! Bedenken Sie, daß Ihr Schicksal unserer Großmuth anheimgegeben ist.

Schweinichen.

Glaubt Ihr, mich zu schrecken? Macht Euch nicht lächerlich! Ich fürchte nicht König Ludwig, nicht Richelieu, noch Einen Eures

Gelichters. Werft mich zeitlebens in die Bastille, schneidet mir, wie dem Montmorency, die Kehle ab; was frage ich darnach? Zu trinken gebt Ihr uns ja doch nichts mehr, was soll mir also noch das nutzlose Ding, diese Gurgel?!

Franz.

Beruhige Dich, Hans, so schlimm wird es nicht kommen.

Schweinichen.

Es soll aber so kommen! Ich freue mich auf den Tod. Ich spüre etwas von einem Märtyrer in mir. Sage mir, Hoheit-Kardinal, Du mußt Dich ja als Mann vom Fach darauf verstehen, sage mir: habe ich nicht bereits einen Heiligenschein um den Kopf?

Franz.

Vor der Hand bemerke ich nur einen ungeheuern Mondschein auf Deinem Kopfe.

Schweinichen.

Das thut nichts! Wenn's nur scheint. — Vorwärts, Herr Marquis, vorwärts zum Schaffot, zum — — (aufhorchend.) Pst — —!

Franz.

Was hast Du?

Schweinichen.

Pst! — Hörtest Du nichts?

Franz.

O ja! Du schriest recht wacker.

Schweinichen.

Da klang es wieder.

Franz.

Was denn?

Schweinichen.

Lothringische Trompeten!

Franz.

Du träumst.

Schweinichen.

Lehre ein altes Kavalleriepferd seine Regimentssignale kennen!

(Trompetensignale aus großer Entfernung.)

Und jetzt? War das wieder nichts?

Franz.

Bei Gott, Du hast Recht. Was sagen Sie, Marquis?

Guron.

Die Zeit der Posaunen von Jericho ist längst vorüber und Nancy's Wälle befinden sich in sicherer Hut. Es waren offenbar französische Trompeten.

(Man hört einzelne Schüsse fallen, die Trompetensignale nähern sich.)

Schweinichen (der zum Fenster geeilt war).

Hole mich der Teufel, sie sind's!

Franz.

Wer?

Schweinichen.

Die Dragoner, mein Regiment! Da unten, am Ende der Straße, sehe ich unsere Standarte flattern. — Halloh! Wie die Franzosen laufen! Wie sie rechts und links in die Häuser springen! Immer drauf, Jungens, immer drauf! Haut sie, daß die Lappen fliegen!

(Stärkeres Schießen. Innerhalb des Gebäudes wird die Trommel gerührt.)

Franz (zu Guron, der fassungslos dasteht).

Sie sind bestürzt, Marquis? Fassen Sie sich. Wie auch die Würfel fallen, es soll Ihnen kein Haar gekrümmt werden.

Schweinichen (am Fenster).

Sie kommen! Sie kommen! — Und dort, allen Anderen voraus, recht wie ein Held, Dein Bruder! Ja, das ist wieder mein alter Karl, tapfer und schön wie ein Gott! (Zum Fenster hinausrufend.) Hie Lothringen! Lothringen für immer!

(Jubelgeschrei unter dem Fenster.)

Hört Ihr? Sie haben mich erkannt! (Wieder hinausrufend.) Um die Ecke, Karlchen, um die Ecke! Da ist das Thor! — — Kiepke, vermaledeite Schneiderseele, will er wohl ordentlich zu Pferde sitzen?!

Franz.

Was erzürnt Dich denn so heftig?

Schweinichen (den Fenstertritt verlassend).

O, dieser gottvergessene Gesell! 's ist ein Schneider aus dem Brandenburgischen. Mutbig ist er, wie ein Löwe, aber zu Pferde sitzt der Kerl wie ein Affe auf dem Kameel. (Einen Schemel ergreifend und sich rittlings darauf setzend). Stellen Sie sich vor, Marquis — ja so, Sie verstehen nichts davon; aber Du, Hoheit, urtheile selbst: darf man das dulden? So klebt der Kerl auf dem Gaule. Ist da von einem richtigen Schluß die Rede? Heißt das überhaupt reiten?

(Schmetternde Fanfaren dicht unter dem Fenster.)

Was giebt es denn schon wieder?

Franz (der an das Fenster geeilt ist).

Das ist der Scherenberg mit den Kürassieren! Und da, so wahr ich lebe, hoch zu Roß — mein Weib!

Schweinichen.

Deine Frau? Laß' mich sehen!

(Erneuertes Schießen in weiterer Entfernung.)

Dritter Auftritt.

**Franz. Schweinichen. Guron. Hauptmann Bouché.
Einige Musketiere.**

Bouché (durch die Mitte hereinstürzend).

Retten Sie sich, Marquis! Der Posten am Metzer Thor hat sich überrumpeln lassen, der Feind ist mitten in der Stadt. Ein Theil seiner Reiterei ist abgesessen und schickt sich, geführt von einem Rasenden, zum Sturm an auf die Präfectur.

Schweinichen (triumphirend).

Dieser Rasende, Marquis, ist Herzog Karl!

Bouché.

Verlieren Sie keinen Augenblick, schon legt man Petarden an das Haus. — Sie aber, Hoheit, ersuche ich, mir zu folgen, vielleicht finden wir noch einen Ausweg durch die Hinterpforte.

Franz.

Sie glauben selbst nicht, Herr Hauptmann, daß ich Ihnen gutwillig folgen werde.

Bouché.

So müssen wir Gewalt brauchen. (Zu den Musketieren.) An's Werk, Leute!

Franz (einen Schemel ergreifend).

Zurück! Wem sein Hirnschädel lieb ist!

Schweinichen (das Schüreisen schwingend).

Kommt an, Ihr Perrückenmacher, Ihr Pomadenbüchsen! Ich walke Euch den Buckel braun und blau!

(Starke Detonation. Man hört Balken stürzen und splittern. Jubelgeschrei der Stürmenden. Kurzes, aber heftiges Gewehrfeuer innerhalb des Gebäudes.)

Bouché.

Zu spät! Da stürzt das Thor. Kommen Sie, Marquis, kommen Sie!

(Bouché, Guron und die Musketiere durch die Mitte ab. Die Thür bleibt offen.)

Schweinichen.

Schau', Hoheit, wie gut unser Marquis zu Fuße ist!

Vierter Auftritt.

Franz. Schweinichen. Herzog Karl. Klaudia. Dragoner und Küraffiere.

Karl (außerhalb der Scene).

Wo sind sie? Hängt die Schufte bei den Beinen auf, bis sie uns sagen, wo mein Bruder verborgen ist.

Schweinichen.

Hie Lothringen!

Franz.

Hie Deutsches Reich!

(Karl, Klaudia, Dragoner und Küraffiere durch die Mitte.)

Karl (in glänzender Waffenrüstung, auf Franz zueilend).

Mein Bruder! Mein Herzog! Da wären wir!

Klaudia (am Halse ihres Gatten).

Franz! Geliebter, habe ich Dich wieder?

Franz.

Klaudia! Mein kühnes Weib!

Schweinichen.

Mich umarmt kein Mensch! (Einen Dragoner in den Vordergrund ziehend.) Na, dann komm' her, Riepke, tapfrer Schneider aus Prenzlau!

Da haſt Du einen Kuß. Wenn Du aber morgen wieder ſo un=
geſchlacht auf dem Pferde hockſt, ſo laſſe ich Dich krumm ſchließen.

Fünfter Auftritt.

Franz. Karl. Klaudia. Schweinichen. Dragoner. Küraſſiere.
Rittmeiſter Scherenberg.

Scherenberg (durch die Mitte, zu Karl).

Hoheit —

Karl (auf Franz deutend).

Da ſteht Euer Herzog. Ihm, nicht mir, erſtattet Meldung.

Scherenberg (zu Franz).

Hoheit, ſämmtliche Thorwachen ſind in unſerer Gewalt. Was
von der Garniſon nicht auf dem Platze blieb oder über die Wälle
entwiſchen konnte, wurde gefangen. Nancy iſt unſer!

Karl (jubelnd).

Das iſt ein Wort! Nancy iſt unſer und Ihr ſeid frei!
Meine Ehre iſt gelöſt. Darum einen kurzen Händedruck, und dann
— Abe!

Franz.

Du gehſt noch heute?

Karl.

Im Augenblick! Meine Nicoletta iſt bereits voraus nach
Wien, die Abdankungsurkunde dem Kaiſer zur Beſtätigung vor=
zulegen. Ich eile zum Erzherzog Ferdinand und denke, bald ſollt
Ihr Gutes von mir hören. (Auf Schweinichen deutend.) Den Alten laſſe
ich Dir. Ihr Beide ſeid Manns genug, die Franzoſen Euch vom
Leibe zu halten.

Franz.

Verſuchen wir es getroſten Muthes! Und wäre es uns nicht
vergönnt, den heimathlichen Boden vor fränkiſcher Gewaltthat zu
bewahren, wohlan, ſo bleibe es unſern Kindeskindern ein heiliges
Vermächtniß, dieſes ſchöne Gränzland dem Mutterreiche wieder=
zugewinnen. Denn zum deutſchen Reiche gehört Lothringen von
Gottes= und Rechtswegen; und was Gott zuſammenfügte, das ſoll
der Menſch nicht ſcheiden!

Karl.

So lasse ich mir den Spruch gefallen! Was Gott nicht zusammenfügte, nein, zusammenschmiedete, das soll kein Mensch und der Teufel selbst nicht scheiden! Zum Krieg!

Schweinichen.

Zur Schlacht!

Franz.

Zum Sieg! Mit Gott für Kaiser und Reich!

Alle (die Degen schwingend).

Mit Gott für Kaiser und Reich!

(Unter schmetternden Fanfaren fällt der Vorhang.)

Ende.